# 少年グッチと花マル先生

溝部清彦

MIZOBE KIYOHIKO

高文研

※——もくじ

✺装丁・商業デザインセンター 松田礼一

# 1 キンパツ頭の小学生

ギギギ、ギィー……

校長室のドアはきしんで、大きな音をたてた。天井《てんじょう》まである大きなドアだ。今日《きょう》は四月の三日。子どもの姿のない校舎は、しんとしている。でも、あと五日もすれば新学期が始まり、各学年一クラスという温泉街《まち》の真ん中にあるこの小学校にも、子どもたちのかん高い声やざわめきが満《み》ちあふれるだろう。

「突然、お呼びたてして、申しわけありません。」

花マル先生がゆっくり中に入ると、かっぷくのよい年配《ねんぱい》の男性が、小山《こやま》のような体をゆすりながら近寄ってきた。新しくこの学校へやってきた校長先生だ。丸い顔に、丸いメガネをかけ、その奥にどんぐりみたいな丸い目がついている。あ、ドラえもん。花マル先生は心のなかでつぶやいた。

「さあさあ、こちらにすわってください。」

ドラえもん校長は、若い花マル先生のためにわざわざ立って、椅子《いす》をひいてくれた。あまりのていねいさがちょっと不気味《ぶきみ》だ。よけいに緊張して、室内をそっと見渡すと、校長の椅子《いす》のとなりには教頭先生が、そのとなりには花マル先生の大先輩《だいせんぱい》になる黒田先生、つづいて、いつ見てもおだやかで、頭のうしろにまとめた髪に一《ひと》すじの乱れもない細川先生がすわっていた。

「花マル先生、いま新学期の担任を決めているところなんですが、六年の担任がなかなか決まらないんですよ。先生のほうが、私よりおくわしいでしょうが、ええっと……なんといいましたかな。」

「荒井グッチ……」

そくざに黒田先生が言いかけ、あわててせきばらいをして、

「荒井ヤスオです。」

と言い直した。荒井安男。でも本人は、おれは安い男なんかじゃねえ、おれは一流ブランドのグッチや、と言い、自分のことをグッチと呼ばせていた。学校中でグッチを知らな

いものはいない。

「そうそう、その荒井……グッチの担任を、花マル先生にお願いできないでしょうか。」

校長先生は愛想《あいそ》よく、どんぐり目でにっこりした。グッチの担任といえば、大役《たいやく》であるには違いない。花マル先生はベテランの黒田先生をちらっと見やって、言った。

「いえ、グッチはぼくのような若いものより、ビシッとしたクラスをつくるのがうまい黒田先生がいいでしょう。」

「いや、おれのような年の教師よりも、花マルさんのような若いしなやかな人の方がいいやろ。」

そう言いながら、黒田先生はメガネをはずしてハンカチでふきはじめた。見こまれたと思っていいのだろうか。花マル先生はちょっぴりうれしかった。

「なんとか、お願いできませんか。」

もう一度、校長先生が言った。花マル先生は迷いながら、こんどは細川先生の方を向いた。

「細川先生は、どうなんですか。」

「それがねえ、私はもう五十だし……。グッチが学校を抜け出したとき、追いかける力がないのよ。花マル先生だったら、まだ若いから追いつけるやろ。もう、私は走れないの。」

細川先生はふうわりと笑った。笑顔《えがお》の形にしわのきざまれたその顔は、花マル先生を、だいじょうぶ、と励《はげ》ましているようでもある。

「どうですか、花マル先生。ここはひとつ、ひとはだ脱《ぬ》いでくれませんか。」

〈ひとはだ、ときたか……〉

この言葉に、花マル先生はめっぽう弱い。

グッチは、実は受け持ちたい子どもの一人だった。三年のとき、湯布院《ゆふいん》から別府《べっぷ》に転入してきた。くわしい事情は知らない。ただ、転入した翌日からゲームセンター通《がよ》いを始め、三年でも四年でも担任を悩ませた。五年になると繁華街《はんかがい》には夜遅くまで出歩くグッチの姿があり、お金《かね》のトラブルや中学生とのトラブルまでひきおこすようになった。グッチの態度に影響されて、教室の雰囲気《ふんいき》も落ち着きを失った。昨年の担任はとうとう疲れ果てて、この学校から転勤していった。

「なんとか、お願いできませんか。」

校長先生は丸い目をいっぱいに見ひらいて、花マル先生にせまった。

「できることはなんでも協力しますから、お願いできませんか。」

〈ええっ、なんでも協力……？　いい条件やなあ〉

花マル先生は思わず身を乗りだしてしまった。

「すみません。もう一度、言ってもらえますか。」

「なんでも協力しますから、受け持ってください。」

校長先生は立ち上がり、大きな手で机を押さえて言った。

「はい、わかりました。」

花マル先生が答えると、黒田先生は、花マル先生の返事がはじめからわかっていたと言いたげにほほえんで、ピカピカになったメガネをかけた。


始業式に、グッチの姿はなかった。

「初日から、遅刻か……。」

はりきって来た花マル先生は、肩すかしをくわされたようで、小さくぼやいた。

「グッチが来た……。」

式を終え、体育館から戻ろうとしたとき、アキラが感情のない声で言った。

見ると、カバンを斜《なな》めがけした少年が、グラウンドのむこうの通りをこちらへやってくる。少年は裏門の方へは向かわず、そのままアッというまにフェンスをとびこえた。朝の光のあふれる静かなグラウンドと、髪《かみ》を金色《きんいろ》に染めて逆立《さかだ》てた少年の頭は、なんだか場違いな感じがした。白っぽく脱色《だつしょく》した髪とはそぐわない色の黒い肌《はだ》、小柄《こがら》だがガッシリした体つき。腰のところまでずりおろしただぼだぼのジーンズ。ポケットに手をつっこんで、だれもいないグラウンドをゆうゆうと横切ってくる。小さな体から、反抗心がパチパチと火の粉《こ》を散らしている。それが、グッチだった。

視線を感じたのか、グッチはこっちの方をジロッとにらみ、バシッと石を蹴《け》った。

「なあ、アキラ。きみはグッチと友だちなんか?」

花マル先生が、歩いてくるグッチの方を見ながらきいた。

「トモダチ?」

「ちがうの?」

「ともだちとか、おれにはおらん。」

アキラは首をふった。

「どうして?」

花マル先生は、こんどはアキラを見つめた。

「どうしてって言われても……友だちっているものなんですか？」

ていねい語で聞き返してきた。

「ふつう、いるでしょう。」

花マル先生も、ていねい語で答えた。

「ふつうですか。なら、ぼくはいいです。ぼくは、ふつうには生きません。」

一《ひと》ツ橋《ばし》アキラ。彼も風変《ふうが》わりな子どもだった。なめらかな肌《はだ》に、美しい切れ長の目。きゃしゃな肩の上に形のよい頭がのっている。少し茶色がかったサラサラの髪が耳にかかり、うしろから見ると女の子とまちがえそうだ。父も祖父も弁護士で、育ちのよさはひと目でわかったが、笑顔はめったに見せなかった。


ガラガラガラ……

教室の前の戸が開いた。グッチだった。

「やあ、おはよう。」

花マル先生は、明るく声をかけた。グッチは答えない。

「やあグッチ、おはよう。」

もう一回、大きな声で言った。

「うるっせえなあ。」

花マル先生には答えず、グッチは教室をぐるっと見わたした。

「オレの席はどこや。」

「今日は一日目だから自由席なんだよ。」

花マル先生はさわやかに答えた。グッチはふーんというような顔をして、からだを三度ゆすった。

「オレは、そこがいい。どけっ。」

グッチがポーンと投げたカバンは、タクヤのすわっている机の上に落ちた。クラスはとたんに息をひそめた。タクヤはしょうがないという顔をして席を立つと、のろのろと残っていた席へ移っていった。ドスンと音をたててすわったグッチに、となりのカモ川が声をかけた。

「おおっ、グッチ。指輪《ゆびわ》をしてきたんか。」

「いいやろ。見せちゃろか。」

「おおっ、グッチの指輪《ゆびわ》やん！」

「当たり！　さすがカモ川、目が高い。」

グッチはカモ川の肩をたたいてゲラゲラ笑った。

「ホンモノか？」

「へへっ、そんなわけねえやん。でも、これでもけっこう高《た》けんぞ。」

グッチは、鼻をぴくぴくさせた。

〈ゆびわ？　なにを考えちょんのか！〉

花マル先生はむっとしたが、何も言わなかった。実際のところ、短い指にくいこんだ太い指輪《ゆびわ》はお世辞《せじ》にも似合っているとは思えなかったが、得意げなグッチに、冷《ひ》やかすものはいなかった。


次の日も、その次の日も、グッチは九時すぎにやってきた。みんなの視線を楽しむかのように、遠慮《えんりょ》なく前の戸をガラガラとあけた。そして、二メートルほど前からバーンとカバンを放《ほう》り投げる。いすにどさっとすわると、足を机の上にガタンと投げ出す。グッチがわざとたてる大きな音が花マル先生をいらだたせたが、先生は黙っていた。

「すげえ、かっこいいネックレス、それもグッチか！」

どうやら、カモ川はグッチと趣味《しゅみ》があうらしい。カモ川のかん高い叫び声に、グッチはおおいに満足したようだ。

「バカ、そんなわけねえやんか。夜店《よみせ》でオーストラリアのおっさんが売ってたんや。」

「そら、だいぶしたやろ。」

「わかるか。これでも値切《ねぎ》ったんぞ。」

左手の指に金の指輪《ゆびわ》。大きくはだけた胸に、ギラつくネックレス。花マル先生の中にもある、教師としての意識がムクムクと頭をもたげた。花マル先生は教壇《きょうだん》からおりると、まっすぐにグッチの席へ行き、グッチの顔をぐっとにらみつけた。子どもたちが、いっせいに息をのんだ。

「……似合ってるね。」

ぽろりとこぼれたのは、思いもよらない言葉だった。

〈ああ、ほんとうは注意するつもりだったのに……なさけない……〉

花マル先生は自分をなげいた。

「ふん！」

グッチが鼻で笑った。とたんに、クラスの空気がゆるんだ。

これでよかったのかもしれない。花マル先生は、黒板のところへ戻りながらそう思った。どなることは、いつでもできる。でも、どなった言葉はとりもどせない。がまんしよう。

だけど、金髪《きんぱつ》にしろ、ネックレスや指輪《ゆびわ》にしろ、いったいそれは何なのだろう。

もし、指輪が、ネックレスが、話ができるとしたら、いったいどんな事情を話してくれるのだろう。花マル先生は、指輪やネックレスにこめられたグッチの心が知りたい。明日はピアスかな。どうせなら、やりたい放題《ほうだい》、自分を表現してほしい。しばらくは、グッチの自己表現のナゾを解《と》くとしよう。そう自分に言い聞かせると、花マル先生の心はふしぎにスーッと落ち着いていくのだった。

「花セン、花セン、勉強は？」

子どもたちのさいそくで、花マル先生はハッとなった。

「ごめん、ごめん。もういいかい。さあ、教科書にもどるよ。」

「もういいかいって、先生の方がぼーっとしていたくせに。」

だれかが言うと、

「そうや、そうや……。」

教室中がうるさくなった。

「たしか、五年のときは茶髪《ちゃぱつ》だったと思うけど、こんどはゴールドになったなあ。」

大五郎先生は、どっしりとした体に似つかわしくない細い声で言った。

「どういうことかなあ。」

花マル先生は大五郎先生の大きなつくりの顔を見た。二人は、職員室の隅《すみ》のソファに腰をおろした。

「気合いをいれてきたんやろ。」

「気合いか……」

「オレもけっこうグッチには泣かされたよ。根は悪いやつじゃないんやけどなあ……」

大五郎先生はコーヒーをすすった。

「そうか。大五郎さんは、四年のとき受け持っていたんやな。」

大五郎先生の顔が、ピクッとふるえた気がした。

「こんどは、花マルさんやな。なんとか頼むで。」

そう言って、大五郎先生は立ち上がる。

「どうして、グッチはいつもゲーセンに行くんかえ。」

花マル先生は、立ち上がった大五郎先生のズボンをひっぱった。

「……家がおもしろくないんやろうな。」

大五郎先生は、少し考えて答えると、またゆっくりと腰をおろした。

「どうして？」

「どうしてかなあ。たぶんグッチの母さんが病気がちやけんじゃねえかな。」

「どんな病気？」

「あんまり知らんけど、リュウマチかなんかやなかったかなあ。」

子どもたちに下校《げこう》時間を知らせるチャイムが鳴りはじめた。

「いつから病気なん？」

「いつのころからかなあ。」

大五郎先生は立ち上がった。

「これからも頼むわァ。」

花マル先生は大五郎先生の大きな背中をポーンとひとつたたいて、それからぼんやりと窓の外を眺《なが》めた。

職員室からは、別府湾《べっぷわん》が見わたせる。きのうの雨もあがり、キラキラと光る海に白い船がぽつんとひとつ浮かんでいた。そのずっと先には空港が見える。花マル先生が窓をあけると、着陸しようとする飛行機の音がかすかに聞こえてきた。

学校は、別府《べっぷ》駅から山手《やまて》の方に五分ほど行った高台にあった。ひところは子どもの数が千人を超《こ》えていたこの学校も、今では二百五十人を切ってしまった。全体的に子どもの数が減《へ》ってきていることもあるが、それ以上にこの学校が街《まち》なかにあることの影響の方が大きい。

学校の南側には、地元《じもと》の人たち専用の温泉があった。家が屋根と屋根を重《かさ》ねるようにつづく。その屋根がところどころ波をうち、その下には細い迷路のような路地《ろじ》があちこちに延びている。夕方になると、植木鉢を並べたその細い路地に近くの人たちが集まって椅子《いす》を出し、たちまち笑い声が起きた。

北側には、少し前まで大きな温泉ホテルを中心に商店街《がい》と飲み屋街《がい》があった。夕方になると観光客の下駄《げた》の音がカランカランと街《まち》なかにひびいていたが、最近ではめっきり客が減《へ》り、街《まち》の再開発計画でホテルも店も取り壊され、マンション街《がい》に生まれ変わろうとしている。

その新しい街《まち》と古い街《まち》を分けるように、国道が走っている。花マル先生は、その国道を北へ車で二十分ほど行ったところに住んでいる。家には、奥さんと四つになるユメコがいる。本を読んでいると、ユメコはいつもひざに乗ってきて、公園に行こうとねだった。それが花マル先生にはかわいくてならなかった。

花マル先生は、三年前まではいなかの小学校にいた。そこで、パニックを起こすとすぐに学校から脱走《だっそう》する子に出会った。怒ったり、なだめたりしてみたが、すぐにまた脱走してしまう。花マル先生はいろんな本を読み、先生たちの研究サークルや講演会へ出かけていった。

そんなことをしているうちに、子どもは子どもなりにいろんな悩みをかかえて学校にやってきていることに気づいた。子どもを育てるのはむつかしいなあ。ユメコがすべり台をのぼるのを見ながら、いつもため息をついた。

朝は毎日、大忙しだ。ユメコを保育所に連れて行くのは花マル先生の仕事。荷物のようにポーンとユメコを放《ほう》り出しては、ごめんね、と小さくつぶやいた。それから車のＣＤをかけて、気持ちを切り替えた。不思議なもので、学校が見えてくると、頭の中はクラスの子どもたちのことでいっぱいになった。

# 2 きみにとって学校ってなに？

ガラガラガラ。

教室の前の戸が開いた。時刻は九時をまわっている。今日《きょう》はどんな格好《かっこう》かな、本当にピアスをしてくるのかな……。花マル先生は少しわくわくしている。そんなときめきを、子どもたちは知らない。

グッチが入《はい》ってきた。足音をわざとらしく鳴らし、例によって自分の席の二メートル前からカバンを投げる。そして椅子《いす》にすわると、足をドーンと机の上に投げ出した。ほこりといっしょに、なにかいやな臭《にお》いがした。

〈ビシーと怒りたいところなんだけど、勝ち目はあるのかな〉

花マル先生はチラッと考えた。そしてグッチのずんぐりした指を見つめる。

〈指輪《ゆびわ》がない〉

〈おや、ネックレスもない〉

〈ピアスはどうかな〉

耳を見る。それもない。白いTシャツにGジャンをはおっている。清潔な格好《かっこう》だ。

〈とことんやってほしかった……〉

体中《じゅう》の力がフッと抜けた。同時に、なんだかすこし勝ったような気がしてくるからおかしい。花マル先生は、手をうしろに組んで、ツッ、ツッ、ツ、とグッチの方に歩いていき、

「きょうは、シンプルですね。」

皮肉《ひにく》っぽく笑った。

「どこが？」

グッチはすごんだ。そして、立ち上がった。なにが起こるんだ？　子どもたちの目がいっせいにグッチと花マル先生に吸い寄せられる。グッチは、Gジャンをぬいで、くるりと背を向けた。そして、

「どこがシンプルなんじゃい！」

と叫んだ。

『てめえブコロスぞ』

白いTシャツの背中に、大きくマジックで書いている。

「これは、オレの手づくりじゃあ。」

〈小さい「ッ」がぬけているよ〉と言いかけて、花マル先生はことばを飲み込んだ。

クスクスと笑い声がしたが、すぐに静まり返った。

「いいセンスやなあ。どこで覚えるんか。」

動揺《どうよう》を隠《かく》して、花マル先生は聞いた。

「ああ、テレビとか街《まち》を歩いてる人をよく見てるんや。」

グッチは勝ち誇《ほこ》ったような顔で答えた。

「で、そのTシャツも自分で選んだんか？」

「あたりまえや！」

「すごいなあ……」

花マル先生は、わざとみんなに聞こえるように言った。

「自分で着るのに、自分で選ばんでどうするんや。まあ、たまにはうちのバアサンに頼んだりするけどな。」

「バアサンて？」

「バアサンて言うたら、バアサンやん。」

グッチは白い目をした。母親のことをそう呼んでいるらしい。

「先生は、どんな服を買うとカッコよくなるかなあ？」

突然、花マル先生は話題をかえた。

「まあ、なに着てもむりやろ。」

「ムリィー！」

子どもたちが手をたたいて喜んだ。グッチが急いで言った。

「うそうそ。うーん、先生くらいの給料《きゅうりょう》だとユニクロがいいとこやな。あそこ、安いで。」

花マル先生の中で、何かがメラメラと燃えた。

「どうしたの？　先生。」

次の日、教室に行くと、モモコが叫んだ。

「どう、似合う?」

花マル先生は、くるりとモデルのように一回転して見せた。

「真っ赤なシャツ。すごい!」

モモコは、ほおをもも色にした。

「すごいじゃなくて、似合うやろ。」

「先生、いったいいくつ?」

「なんか、関係ある?」

花マル先生はニヤッと笑った。

「ちょっと、背中にハイビスカスの刺《し》しゅうがあるよ。」

ガチャコが、大きな声を出した。

花マル先生は、クラスじゅうの女子にかこまれた。

〈もう一枚、買いに行こうかな〉

女の子にかこまれて、悪い気はしなかった。チャイムが鳴って、みんなが席に着こうとしたとき、グッチがやってきた。今日《きょう》はいつもより早い。

「グッチ、どう、このシャツ。」

グッチはちょっと目をやると、情《なさ》けなさそうに言った。

「それ、六百八十円やろ。」

「どうして、わかるん？」

花マル先生は不思議な顔をした。

「それくらいしか買えんやろ。ハハハハ」

先生を指さして笑った。つられるように、子どもたちが笑った。花マル先生は、はじめてクラスがなごやかな笑いに包《つつ》まれた気がした。


新学期が始まって二週間が過ぎた。放課後、花マル先生がアキラに話しかけた。

「なあなあ、きみは、どうして勉強してるの？」

「勉強……？」

アキラはあいまいに口ごもった。

「そりゃあ、将来のためでしょう。」

横から答えたのは、六年になって転入《てんにゅう》してきた美川《みかわ》タカユキだった。

「やっぱり、三十過ぎて、そこそこの生活していたいっていうのかな。いまの生活から落ちこぼれたくないよ。それに、自分の子どもから勉強のことを聞かれたときに、答えられなかったら、情《なさ》けないしね。ほら、テレビの水戸黄門《みとこうもん》の歌にもあるでしょう。人生、楽《らく》ありゃ苦《く》もあるさって。あれですよ。ぼく、人生苦《く》あれば楽《らく》ありって、自分に言い聞かせているんです。」

アキラよりも頭半分ほど大きいタカユキは、おとなびて見えた。しかしいつも、見かけとは不釣《ふっ》り合いな半ズボンをはき、そのうえ一度口を開くとペラペラとよくしゃべり、みんなをあきれさせた。

「うん、おれもそう。」

ようやくアキラが答えると、窓ぎわの方から怒鳴《どな》り声が飛んできた。

「おまえたち、今からそんなことを考えて、どうするんじゃ。」

グッチの声だ。タカユキの話をじっと聞いていたらしい。タカユキは少しひるんだが、負けずに言い返した。

「ええ、ぼくんち、アキラのうちと違ってサラリーマンですから、勉強によっていい生活を手に入れるしかないんです。」

「それでオマエ、なにになろうちゅうわけ？」

グッチが立ち上がり、近づいてきた。

「そりゃまあ、外務省《がいむしょう》の役人とかエリート社員とか、とにかくキャリア組です。」

タカユキは背筋《せすじ》を伸ばして答えた。

「オマエ、いまからそんなことを考えてどうするんじゃ。人生、今を楽しまな。」

グッチは意地《いじ》の悪い笑いを浮かべて言うと、鼻をヒクヒクさせながら向こうへ行った。

アキラが、いっしゅん遠くを見るような目をした。タカユキはグッチにかまわず、アキラと向かいあった。

「あなたには、負けませんから。」

そう言って、ニヤッとした。

「どういうこと?」

アキラが、ブスッと聞いた。

「あなたのうちは、別府《べっぷ》じゃ有名な代々《だいだい》つづいてる弁護士さんでしょ。となれば、アキラも将来は弁護士。進学塾《じゅく》にも通ってるんですよね。」

「そりゃまあ、そうやけど……」

「ぼくもそこに入りました。ライバルは、アキラと決めました。負けませんから。」

また、ニヤッとした。笑うとカッパに似ている。

「ちょ、ちょっと待ってよ。どうして、そんなかってに決めるんか。」

突然の挑戦《ちょうせん》を受けて、アキラはすっかり戸惑《とまど》っている。

「フフフ……あなただって負けたくないんでしょ。ぼく、前の学校でも一番でした。この学校でも一番になって、いまよりももっといい暮らしを手に入れるつもりです。」

〈フゥーン、いまどきの子どもって、そんなことまで考えているんか……〉

花マル先生はあっけにとられて、タカユキの顔をまじまじと見つめた。

タカユキもカバンをかかえて出てゆき、教室には花マル先生とアキラの二人だけになった。

「ふう……」

アキラがため息をついた。

「はあ……」

花マル先生もつられてため息をついた。

「なんか、あいつ……」

アキラがボソッと言いかけて、口をつぐんだ。

「きみのことを、ライバルだって言ってたね。」

花マル先生は窓の外を見た。校庭のくすのきが揺《ゆ》れている。立ち上がって窓を開《あ》けると、風がビューンと音を立てて入ってきた。校庭の向こうのビルの窓にオレンジ色に輝くものが見える。

「ほら、来てごらん。」

花マル先生はアキラを呼んだ。

「ああ、ビルの窓に、夕日が映《うつ》ってるだけだよ。」

ちょっと立ち上がりかけて、アキラは、またつまらなさそうにすわった。

「感動しないの？」

「べつに……。」

そしてまた大きなため息をついた。花マル先生はその様子《ようす》を見ながら、ふっと思いついて聞いた。

「あのさ、アキラにとって、学校ってなあに？」

「ええっ？」

アキラは、学校で笑ったことがなかった。去年はバスケットボール・クラブで花マル先生はずっとアキラといっしょだったが、考えてみると、その時から一度も笑い顔を見たことがない。

もう一度、聞いた。

「アキラにとって、学校ってなあに?」

「そうやなあ……」

アキラは口を少しふくらませた。

「まあ、ぼくにとって、学校ってかみふるしたガムみたいなものかな。」

「かみふるしたガム? それって、どういうこと?」

予想もしていなかった答えに、花マル先生は少しあわてた。

「どうって、そう……味《あじ》がない。」

アキラは、夕日のあたるビルの方を見た。

「ないと退屈《たいくつ》だから、まあ、あった方がいいかな。家にいても、母さんも父さんもうるさいだけだし、学校の方が、まあ、ましかな。」

花マル先生には、答えることばがない。しばらく黙って外を見ていた。ビルの窓に反射していた夕日が、静かに消えていった。

「それでは、エンピツを一本出してください。」

「なにするのかな？」

「いまから……」

そう言いかけたところで、教室の戸がガラッと開いた。グッチの出勤《しゅっきん》だ。

「おはよう、グッチ。」

「ああ。」

あごでグッチが答える。つづいて、ポーンとカバンを投げた。

「あいた……」

カバンがそれて、小山《こやま》の頭に当たったのだ。

「大当たり！」

グッチが手をたたいて喜んだ。

「大当たりじゃないだろう。」

花マル先生は語気《ごき》を強くして言った。小山は、なみだ目になったが、かくした。

「グッチのかわりに、先生があやまるから。ごめんね。」

「かってにあやまるな！」

グッチがどなった。

「かってにあやまって、ごめんね。」

こんどは、グッチにあやまった。

「先生、どうしてそんなにあやまるの？」

モモコが、目をシパシパさせた。

「気にかけてくれてありがとう。そのうちわかるよ。」

花マル先生は、こんなときに思ったことをためらわずに口にするモモコを、すごい人だな、と思う。

「さあ、エンピツを出そうな。」

花マル先生はグッチのそばに行き、筆箱《ふでばこ》を取り出してエンピツを一本、机に置いた。

「それじゃあ、『ぼく、わたしのいいところ』という題で、自分のいいところをこの紙に書いてね。」

花マル先生はニコニコしながら紙をくばった。

「ええっ、抜き打ちテストですか？」

タカユキがすねたように言った。

「ちがうよ。みんなのことを知りたいだけだよ。おしえてね。」

「ハハーン、アンケートだね。」

モモコが明るい声で言った。しかし、タカユキの顔は青かった。

## オレのいいところ

荒井グッチ

オレのいいところは、自分で言うのもなんだけど、おしゃれなところです。オシャレは、町の歩行者やテレビを見てまねています。それから、オレは、けっこう頭がいいです。国語がとくいです。

オレの家のじまんというと、べつにない。まあ、オレのほしいものを知っているところ、ほしいものを買ってくれるところかな。

先生のいいところは、すぐおこるところ。これは、うそ。ごほうびをくれるところ。

あとは、おもしろい。

だれが、いちばんいいやつかって。オレがいちばんいい。

## ぼくのいいところ

一ツ橋アキラ

ぼくのいいところは、あるのだろうか。よくわからない。ただ、たのまれたことは、なんでもする。それがいいところかな。それに、女子にもやさしくする。

でも、自分に自信が持てない。母さんがほめてくれたら、それがいいところなんだろうけど、それもない。

学校は、おもしろくないけど、ないとひますぎる。

父さんのいいところは、いっしょに遊んでくれたら、そう書くけど、ほとんどない。

母さんのいいところは、父さんよりは、いい。

先生は、明るい。それに、言いたいことを言わせてくれる。あと、でかい声でどならない。自由なかんじがする。

## こたえきれない

美川タカユキ

自分のいいところ？　きゅうに言われても、答えきれない。こんど、どこか、いつでも答えられるように、自分のいいところをたくさん用意しておきたい。

おうちの人のいいところは、やさしいところだと思う。ボクがやりたいことをやらせてくれない時もあるけど、それは、ボクのことを考えているからだと思う。小さいころ、よく遊んでくれた。

先生は、夢があってとてもいい。夢があるってことは、夢のために、いろいろなことをやりとげて、夢にむかって進むことだ。

夢は、子どもだけのものでなく、大人のものでもあるということ。とてもいいことを教わった。

花マル先生は、三人の作文を読んで、「ぱーん」と手を一つたたいた。そこに何か、だいじなことがひそんでいるような気がしたからだ。花マル先生は、もう一度、三人の作文を並べて読んだ。

どうして、いちばん勉強の嫌《きら》いなグッチが、オレがいちばんいいやつ、と自信満々《まんまん》で、勉強のできるアキラが、『ぼくのいいところは、あるのだろうか』となるのかなあ。きっと、自分に自信が持てないんだ。アキラって、おかしいぞ。あいつ、自分の人生、生きてるのか？　そういえば、グッチが、人生、今を楽しまな……と言った時、遠くを見るような目をしてたぞ。

だったら、タカユキは？　『答えきれない』って、なんだ、これは。テストじゃないんだから……。そうか！　彼にはこれがテストに思えたんだな、きっと。それで、この先生は何を書いたらマルをくれるのか、それがわからないから、またこんどってなったんだ。

なるほど、さすがは受験戦士《せんし》。

グッチとアキラの出会いが、将来への希望を捨て、固く閉《と》ざしているグッチの心の扉《とびら》を開くことになるかもしれない……。花マル先生の口もとが思わずゆるんだ。

# 3 授業参観日

「みなさん、こっち向いてください。」

花マル先生は、汗だくだった。きょうは四月の授業参観《さんかん》日だ。教室のうしろには、ズラリとおうちの人が立っていた。

キンコンカーンコーン、キンコンカーンコーン。

チャイムが鳴った。

「ふう、やっと終わった……」

授業が終わると、お母さんたちは廊下《ろうか》に出ていくつかのグループに分かれ、立ち話をしている。

「さあ、懇談《こんだん》会をはじめましょうか。」

花マル先生が声をかけると、お母さんたちが机を動かして円をつくった。

「何年ぶりかで、子どもたちが席にすわっているのを見ましたわ。」

だれかが言った。まだ親と子どもの名前が一致《いっち》しない。

「ほんとうに、ホッとしました。」

次のお母さんも、ほほ笑んだ。それを聞いて、ようやく花マル先生はほっとした。

「うちの子どもが落ち着いてすわっているのを見て、安心しました。」

料亭《りょうてい》をやっているカモ川さんが笑顔《えがお》で言ったが、目は笑っていない。

「えっ、どういうことですか？」

花マル先生は、カモ川さんの方を向いた。

「恥ずかしいことですが、五年のときうちの子は授業中立ち歩いていまして、みなさんにずいぶん迷惑をかけましたの。あ、でもそれは、グッチちゃんの悪い影響を受けてのことですの。」

カモ川さんは、「悪い影響」のところにずいぶんと力を入れた。

「そうですか。たしかにはじめの一週間くらい、カモ川くんや他の数人がよく立ち歩きましたね。そのたびに、そばに行って、席にもどって、と言いました。すると、少しずつ落ち着いてきたんです。」

花マル先生は、ずいぶんと苦労したことをさらりと言った。こんなところが、この先生のソンなところだ。

「そうでしたか。それを聞いて、安心しました。大切な六年生ですもの。よろしくお願いします。」

カモ川さんが、みんなの方を見わたした。

「今までの分を取り返してもらわないと……」

だれかが小さな声で言った。

「これまで、授業らしい授業を見てなかったものですからね。」

「そうですよ。でももう六年ですものね。」

「来年は中学です。いつまでものんびりしてられないわ。」

母親たちのことばは、しばらく途切《とぎ》れなかった。いやな風向《かざむ》きだな、と花マル先生は感じて、ハンカチを取り出し汗をふいた。

そのうち、だれかがぽつんと言った。

「グッチちゃんも、前よりおとなしくなったみたいね。」

そのことばを聞いて、花マル先生はからだを乗り出した。

「グッチも、けっこうがんばってるんですよ。」

つづいて、グッチが遅刻はしても毎日休まず学校に出てきていることを話そうとした、そのとき、「カラン、カラン、カラン」と缶《かん》が転《ころ》げ落ちる音が教室に響《ひび》いた。

カモ川さんが拾《ひろ》いあげたのは、ムースの缶《かん》だ。グッチは、教室にまでカラームースを持ち込んでいたのだ。

「あら、グッチちゃんの机から、こんなものが……」

〈どうして、こんなタイミングで……〉

花マル先生は、またハンカチで汗をふいた。


だれもいない職員室で、花マル先生はぼんやりとすわっている。手には、新聞を持っているが、読んではいなかった。

「コーヒーでも、飲もうかな。」

立ち上がって、職員室の隅《すみ》のみんながサロンと呼んでいるコーナーでコーヒーをいれ、ソファーにすわったとき、ドアが開いた。

「どうかえ、調子は？」

大五郎先生がタオルで汗をふきながら入ってきた。

「いや、まあ、授業はうまくいったけど、懇談会《こんだん》の雰囲気《ふんいき》がなあ……」

花マル先生は立ち上がり、大五郎先生専用の大きなマグカップにコーヒーをたっぷりついで渡した。

「雰囲気《ふんいき》が、どうやったん？」

大五郎先生も、コーヒーを持ってソファーにすわった。花マル先生は、懇談会《こんだん》のできごとをポツリ、ポツリと話しはじめた。

「そういう感じで、なんか、わりきれないんや……」

花マル先生が肩を落として、つぶやくように言ったとたん、うしろから大きな声がした。

「そげんことやけん、ワリイちゃ。」

事務のツル田さんだった。ツル田さんも大五郎先生の横にドスンとすわった。

「わしゃなあ、グッチのこと、そげんワリイ子やねえっち、思うちょんので。どうしてほかの親は、それがわからんかなあ。」

そう言うと、毛のない頭を何回もビシビシたたいた。

「そうやろか。」

花マル先生は、ツル田さんの顔をじっと見た。

「そら、そうちゃ。ちいせえ頃から、親とふたり暮らしや。その母親も、からだがよえー。だれを頼れば、いいんかえ。荒れて当然で。わしゃ、むげねえな……」

「むげねえ」というのはかわいそうという意味だ。ツル田さんの話を聞きながら、〈この人、大分弁《おおいた》の名人やな〉と花マル先生は思った。

「ちょっと、花さん、聞いちょんかえ。」

花マル先生は、あわててツル田さんの光る頭を見た。

「どうしち、そこまで思うんな。」

花マル先生も方言で聞いた。

「どうしちなんて、大の大人《おとな》が、どうしち、そげんことも考えきらんかな。ちいせえ頃から、苦労したんやろうなあとか、考えんかえ?」

ハエが先ほどからツル田さんの頭の周囲を飛んでいるが、それがすべすべした頭に止まりかねているようにも見える。

「ククッ」

大五郎先生が笑いかけたのをジロッと見て、ツル田さんはつづけた。

「わしたちん頃はなあ、子どもを見る目が、もちっとあたたかかったで。よそがたん子も自分とこん子も、みな同じじゃったがな。」

「ツル田さんは、どこですか、生まれは？」

大五郎先生が聞いた。

「佐賀関《さがのせき》じゃ。」

ムスッと答えた。

「ああ、あの関《せき》アジ、関《せき》サバの佐賀関《さがのせき》。」

「そうじゃ、そのとなりの村じゃ。こんどグッチを連《つ》れて行きてえなあ。」

ツル田さんは、丸い頭をふって、ようやくにっこり笑った。花マル先生も、つきあって笑った。

花マル先生は、一ツ橋《ひとつばし》アキラのうちへ向かっていた。学校の裏門から出て、大きな交差点をわたる。そして、別府《べっぷ》いちばんの飲み屋街《がい》をよこぎって、小さな路地《ろじ》をしばらく行くと、お菓子屋やみやげもの屋の並ぶ商店街《がい》に出る。この商店街を五分ほど行くと、とつぜん屋敷が現れ、そこだけがこんもり林のようになっている。ここが、代々《だいだい》弁護士をやっている一ツ橋家《け》だった。

正面に立つと、古い大きな松の木が迫《せま》ってくるように立っている。両脇のコンクリートの門は、一ツ橋家の家柄《いえがら》のように古い。門を入って少しカーブすると、きれいな芝生《しばふ》の上にゴルフの旗が立っていた。その横で、おばあちゃんが芝の手入れをしている。

「こんにちは。こんどアキラくんの担任になった花マルです。よろしくお願いします。」

第一印象が肝心《かんじん》とばかりに、花マル先生は、礼儀正しくあいさつをした。

「ごていねいに、どうも。」

おばあちゃんは立ち上がり、前かけで手をふいた。

「ですが、あたしゃお手伝いですから。若奥様のおたくは、右手になりますよ。」

花マル先生は、右側の新しいレンガ張りのうちに向かった。玄関に立つと、セコムのマークがあった。その下に、「ブザーを押してお話しください。」という字があり、テレビカメラがこちらを向いていた。花マル先生はブザーを押した。

「はじめまして、アキラくんの担任の花マルです。」

と、精いっぱい感じよく言った。

プルルルル　プルルルル……。奥でブザーの鳴る音が聞こえた。

「はあい、どうぞ。」

声がしたと思うと、ドアが開いた。自動ドアだ。花マル先生はそれだけでもうれしくなった。

二階まである吹き抜けを通ると、そこがリビングだった。

「突然おじゃましまして、すみません。」

花マル先生は、ぺこんと頭をさげた。

「いいえ、でも、どうしたんですか……」

頭を上げると、こざっぱりと髪をひとつにたばねた女性の顔が、すぐそこにあった。アキラの母さんだ。

〈お金持ちっていう感じじゃないな、この人〉

「ちょっと待ってくださいね。いま、お茶をいれますから。」

「ありがとうございます。」

花マル先生は遠慮《えんりょ》しなかった。リビングをぐるっと見わたすと、また立ち上がり、壁に飾《かざ》ってある写真を眺《なが》めた。

「この写真は、どこですか。」

お茶を運《はこ》んできた母さんに聞いた。

「ああ、赤毛のアンの島、プリンス・エドワード島です。イギリスに三年ほど、主人が留学していまして、そのあとアメリカで一年間、法律のお仕事をしました。そのとき出かけた島がすごく気に入って、そこに別荘を買ったんです。」

〈へえ、やっぱり金持ちなんだ……〉

花マル先生は、そういう暮らしに興味を持った。

「この右側の子が、アキラくんですか。」

アキラは、写真でも笑っていなかった。

「ええ、たしか五つのときです。」

アキラの母さんは、写真に目をやりながら答えた。

「ほかにも、いろんなところに行ったんでしょう?」

花マル先生の好奇心《こうきしん》が、ググッと広がった。

「そうですね。カナダにも行きましたし……そうそう、おもしろかったのは南米最高峰《さいこうほう》の山に登ったことです。登ったといっても、途中までですけど。ええと、その時の写真がたしか……」

そう言って、アルバムを探《さが》しはじめた。二人はアルバムに夢中になった。



# 4 グッチにあって、アキラにないものは

それにしても、グッチは毎日九時過ぎにやってきた。花マル先生はいろいろ考えたすえ、アキラの力に頼ることにした。

「アキラ、頼みがあるんだけど……」

給食の準備中に、アキラを呼んだ。

「あのな、グッチのことやけど、きみの家とグッチの家は百メートルも離れてないやんか。それでな、朝起こしに行ってくれん?」

アキラは、この先生、おもしろいことを言うな、と思った。

「たのんでいい？　ありがとう。おーい、グッチ、ちょっと。」

〈だれもまだ引き受けてないのに、どうしてかってに決めるんだ？〉

アキラはそう思ったが、ことばにできなかった。そこが、育ちのいい彼の弱点だ。花マル先生は、それにつけこんだ。

「グッチ、あしたから三日でいいよ。三日間、遅刻しなかったら、ヨンちゃんラーメンおごるよ。」

「ほんとうかあ……？」

「ほんとうや。さそってくれたアキラも、ごちそうするよ。」

アキラがつばをゴクンと飲み込んだ。

「ラーメンか。めったに食べたことがないなあ。」

「どうしたんか、アキラ。ラーメン食べたことがない？」

グッチが、アキラの顔をまじまじと見つめた。

「ラーメンなんて、めったに食えるもんじゃないよ。」

アキラが、あたりまえのように答えた。

「どういうことじゃ？」

「だって、おれんち、いつも手づくりや。たまに外食《がいしょく》しても、フランス料理とかで、ラーメン屋なんて行ったことがねえ。」

「マジかよ、アキラ。オマエ、おれより貧乏《びんぼう》じゃねえか。」

グッチのことばに、花マル先生は思わずプゥーと吹き出した。

「西の玄関で待ってて。財布《さいふ》を取ってくるから。」

三日後、花マル先生はグッチとアキラを連《つ》れてラーメン屋に行こうとした。二人に話していると、

「何を話してるんですか。ぼくも入れてください。」

タカユキが割り込んできた。

「オマエには、関係ねえやろ。」

グッチがにらんだ。

「いや、何かある。あやしい。」

花マル先生が西の玄関に行くと、二人の後ろにタカユキも立っていた。

「おまえ、ほんとうに来るつもりか。おれたち、これからラーメン食べにいくんや。」

アキラが誇《ほこ》らしそうに言うと、タカユキが聞いた。

「どうしてですか。」

「グッチが、三日間遅刻しなかったから、そのごほうびや。」

「ごほうびというと?」

「花センのおごりや。」

グッチはもう歩き出していた。

「なら、ぼくも行きます。」

「おまえは関係ねえやろ。」

アキラが横目で、キッとにらんだ。

「ただは、好きです。」

タカユキは、さらっと言った。

「おまえもワルよのォ、美川《みかわ》屋。」

グッチが、振り向いてニヤッとした。

「ほんとやな、美川タカユキ。あきんど美川屋か。うまいね。」

花マル先生は、財布《さいふ》をポーンと放《ほう》り上げた。

「へい、おまち。」

プーンと、スープのいい匂《にお》いがした。

「オレ、中学を出たら働くんや。」

スープをすすりながら、突然、グッチが言った。

「もう、決めてるんか。」

花マル先生は、はしを止めた。

「そうや。福岡のおじきのところで働くんや。」

グッチは顔を上げずに答えると、麺《めん》を口に入れた。

「おじきって？」

花マル先生がまた聞いた。グッチがスープをゴクンと飲み込んで、花マル先生をまっすぐに見た。

「自動車の整備《せいび》工場をしているんや。中学出て働いて、いまは社長や。そのおじきが言ってたわ。学校なんか、なんの役にも立たんかったて。」

それを聞いて、うまそうにラーメンを食べていたアキラがはしを止め口をはさんだ。

「そうそう、うちの父さんも言ってた。日本の学校は役に立たんって。本当の勉強をするなら、アメリカがいちばんいい。日本の勉強は、ただ暗記するだけだから、そんなの勉強やないってさ。」

「やっぱそうか。アメリカ帰りが言うなら、まちがいないんやろ。ああ、うまかった。」

グッチが、鼻の頭の汗を手でふきながら、満足そうに言った。その声にカウンターの向こうで麺《めん》をゆでていたおばちゃんが、こっちに向かって笑顔《えがお》で手を振った。

「あれ、長浜《ながはま》くんのおばちゃんでは……ここは長浜くんのうちの店なんですか。」

タカユキが、キョロキョロと店の中を見わたした。

「おまえたち、いつからそんなに気が合うようになったんか。なんかいい友だちになれそうやな。」

花マル先生も満足そうに言った。

「ほら、そうやって、学校はカッコウつけて、すぐ友だち友だちって言うやろ。どこに友だちがおるんじゃ。」

グッチがこわい顔をした。

「おれも、そう思うよ。友だち友だちって押しつけられるのは、きらいや。」

アキラも不満そうな顔をした。それから学校の悪口で二人は盛り上がった。

「あら、先生じゃないの。」

長浜のおばちゃんが、いまやっと花マル先生に気がついたらしく、カウンターから出てきた。

「こんにちは。ごちそうになってます。」

「どうしたの。めずらしいわね。」

「やっぱり長浜くんの店か。」

タカユキがひとりごとを言って、最後の麺《めん》をすくいあげた。

「このグッチに、三日間遅刻をしなかったら、ラーメンおごるって約束したんです。そしたら、ばっちり守れて、それでここに来たんです。かれらが、どうしてもここのラーメンが食べたいっていうので。」

花マル先生は、そう言ったあと、ちょっと恥ずかしくなった。

「へえ、そんなことまでするの。先生もたいへんね。」

「ええ、学校の中だけでは、なかなか子どもと付き合う時間がなくてね。」

ほめられて、うれしくなった。

「それじゃあ、会計お願いします。」

花マル先生は、財布《さいふ》を取り出した。

「いやいや、御代《おだい》は、いらないわ。」

長浜のおばちゃんが手を横にふった。花マル先生は、チラッとグッチたちの方を見た。

「ええ、どうして?」

「子どものために、そこまでしている先生から、お金はもらえないわ。」

そう言うと、カウンターで食べていたお客に、「ねえ」とあいづちを求めた。お客さんが、なんかわからんけど、と言いながら、うなずいた。

「でも、おごるといった以上、払わないことには……」

「そう、それじゃあ、五百円いただくわ。」

おばちゃんは、さっぱりした声で言った。

「ええー、いいんですか。じゃあ、おことばに甘えます。ごちそうさまでした。」

のれんをくぐって店を出た。四人で五百円だなんて……。花マル先生は、いい校区に勤《つと》めたな、とうれしくなった。

その次の交差点で、タカユキが別《わか》れると、グッチも、

「さあ、オレも仕事に行こうかな。」

と、からだを揺《ゆ》らしてゲーセンに向かった。

花マル先生はアキラと並んで歩いた。歩きながら、花マル先生はたずねた。

「なあ、アキラ。グッチにあって、アキラにないものって、なあに？」

「ええ、グッチにあって、ぼくにないもの？」

アキラはおどろいた顔をして、花マル先生の顔を見上げた。

「そう、グッチにあって、きみにないもの。」

「グッチにあって、ぼくにないもの……か。ぼくにあってグッチにないものは、わかるけどなあ……」

アキラは、首をふって小さく繰《く》り返した。


朝の会が終わり、一時間目に入ったときだった。

「ちょっと、やめてくれぇ。」

カモ川の悲鳴《ひめい》が聞こえた。

「どうしたんだ。」

花マル先生は、カモ川の方に歩いていった。

「グッチが、エンピツをとって、一本ずつ芯《しん》を折るんや。やめてっち言っても……」

カモ川は、うっすら涙を浮かべた。

「グッチ、おまえ、どうしてそこまでするんか。」

「泣く方が悪い。」

グッチは、プイと横を向いた。

「芯《しん》を折ることはないやろ。」

「芯《しん》が折れてないか、確かめただけや。」

こんどは上を向いた。

「おかしなことを言うなあ。どうして、そうやって、へんな理屈《りくつ》を言うのか。いいかげんにしろ。」

「うるせえ。学校のセンコーが、なに言うんか。」

にぎっていたエンピツを床《ゆか》に投げつけ、教科書を払《はら》い落とした。となりの子どもがビクッとして、そっと拾《ひろ》おうとした。

「とらんでいい。自分で拾わせろ！」

花マル先生は声を荒《あら》げた。教室の空気が止まった。グッチをにらんでいた花マル先生は、ゆっくりと顔を上げて、子どもたちの顔を見た。子どもたちの鋭い目が花マル先生に向けられていた。

〈どうして、どうして子どもたちは、ぼくをにらむんだ。どうして？　ぼくは、きみたちのために、きみたちを守るために、グッチと言い合ってるのに……〉

花マル先生は混乱した。グッチのやったことがよくないことは、子どもたちにはもちろんわかっている。しかしそれとは別に、突然声を荒げた花マル先生のしかり方に、子どもたちは、いままで出会ってきた大人《おとな》と同じものを感じたのだろう。グッチの言った「学校のセンコー」の顔を、花マル先生の中にも見たのかもしれない……。子どもたちのとがめるような視線が、花マル先生を刺《さ》した。

昼休みが終わると、花マル先生はグッチの横に椅子《いす》を持っていった。朝のできごとをずっと考えていたのだ。

「なあ、グッチ、どうして人に誤解《ごかい》されるようなことをするんか。また家で、なにかあったんか。」

グッチの肩に手をあてた。花マル先生は心の中で、〈寄り添《そ》おう、寄り添《そ》おう〉とくりかえした。

「いい！　どうせおれんちは、保護家庭《ほご》じゃ！」

グッチは、急に大きな声を張り上げた。

〈そんな……だれも、そんなことを言ってないじゃないか……〉

花マル先生はうろたえた。しかし、そのことばはグッチの叫《さけ》びのようにも聞こえた。

「どうして、人に誤解《ごかい》されるようなことをわざとするんだ。グッチが努力していることは、先生、知っているよ。なのに、こんな誤解を招《まね》くことをすると、きみがかわいそうじゃないか。もっと、自分を大切にしろよ。」

小さい声だが、はっきり聞こえることばが、教室にながれた。

「いい、おれ、なれちょん。」

グッチの目からひとつぶ、涙がこぼれた。さっきまで強がっていた顔つきが、ウソのように消え、子どものように泣きじゃくった。

「なにを言ってる。先生は、ガマンできない。先生は、おまえの分まで、おまえを大切にする。おまえが誤解されることが、ガマンできない。」

泣きじゃくるグッチの背中をさする花マル先生の目にも、うっすらと涙がたまっていた。

いつのまにかアキラがそばに来て、花マル先生のうしろから言った。

「先生、おれわかった。グッチにあっておれにないもの。グッチには、言いたいことを言う自由がある。ゲーセンにいく自由がある。おれには、言いたいことを言う自由も、ゲーセンに行く時間もない。」

さびしそうなアキラに、花マル先生は黙ってうなずいた。


その日の夕方、花マル先生はアキラのうちに寄った。

「このごろ、アキラくんがグッチと仲良くなって、朝も誘《さそ》ってくれて助かっています。」

「そんなことでしたら、気にしないでください。なんでも頼んでくださいね。」

「ええっ、いいんですか。うれしいなあ。」

おおげさに喜んだ。

「グッチのうちは、母さんと二人暮らしなんです。その母さんも体が弱くて、彼も苦労しているんですよ。」

「そうみたいですね。アキラから聞きました。」

「ええ、それで、やり場のないイライラを学校でぶつけたりしては、みんなに誤解《ごかい》されてきました。でも、このごろアキラくんがつき合ってくれて、少し落ち着いたんです。」

「そうですか。アキラがお役に立っているんですか。」

「もちろんです。グッチのうちと一《ひと》ツ橋《ばし》さんのうちがとても近いので、これからもいろいろお願いしてもいいですか。」

「わたしにできることは、なんでも言ってください。さいわい、うちもこんな仕事をしていますので、グッチちゃんのお母さんがぐあいが悪い時は、いつでも言ってくれたら、病院に連《つ》れて行くとか、ご飯《はん》の用意をするとか、なんでもしますから。」

「そこまで、してもらっていいんですか。」

「ええ、できることは。グッチちゃんのお母さんに、そう伝えてください。」

本物《ほんもの》の金持ちは、ちがうな……花マル先生は感心した。

「あっ、もう六時を過ぎている。帰らなきゃ。」

あわてて立ち上がろうとしたとき、

「ちょっと待ってください。」

アキラの母さんは台所の方に行くと、すぐに戻ってきた。

「よかったら、これを持って帰ってください。」

「いえ、そんな。なにも気を使わないでください。」

花マル先生は、一度はことわらなきゃ、と思った。

「そんな、気を使うものじゃないんです。」

ビールかな、花マル先生は、いっしゅん期待《きたい》した。しかしアキラの母さんが紙袋から取り出したのは、よもぎでつくった草餅《もち》だった。

「この間の土曜に、うちの子といっしょに土手《どて》まで行って、よもぎをつんだんです。それをついて、お餅《もち》にしたんですよ。かたちは悪いけど、心がこもっています。」

さりげなくサランラップにくるんだ。

「へえ、家族の手づくりですか。一ツ橋さんとこは、すごく子どもを大切にしてるんですね。今日《きょう》は、来てよかったです。」

花マル先生は車の方へ歩いた。アキラの母さんがそのあとをついて歩く。

「一ツ橋さんて、自然派なんですね。味わって食べますから。」

車の窓を開けていった。

「いえ、でもね、アキラは塾《じゅく》に行かせてるんですよ。自然に育てようと思いながらも、一方で受験競争の敗者《はいしゃ》になりたくないと思って。現実はなかなかうまくいきませんね。」

うっすらとほほえみを浮かべてつぶやく、そのほほえみが悲しかった。

## 5 ゲーセンに行った先生

「花マル先生、グッチのゲーセン通《がよ》いはなんとかなりませんか。」

昼休み、校長先生が近寄ってきた。グッチは毎日、授業が終わると、ゲーセンに通《かよ》っていた。

「おおっ、もう三時やぞ。はやく帰ろうや。」

帰りの会になるときまって叫《さけ》び、妨害《ぼうがい》した。そして、商店街《がい》の一角《いっかく》にあるゲーセンへ出かけていくのだった。

「いえ、なんとかなるものなら……と思ったものですから。」

校長先生は、そう言うとサロンのソファにすわった。花マル先生は、コーヒーをいれて運《はこ》んだ。

「なんとかなるといいんですが……」

花マル先生が、もごもごと答えた。

「まあ、そうでしょうね……」

校長先生も、はっきりしなかった。

「なんとか、ならんかえ。わしも、とーてん困っちょんのじゃ。」

ツル田さんが、いつものかんだかい声で割り込んできた。

「どうしてですか、ツル田さんまで。」

花マル先生が思っていたことを、校長先生が声にした。

「それがなあ、わしが、いつも帰りに寄る店があるんじゃ。」

店とは、パチンコ屋のことだ。

「そこが、ゲーセンのすぐ横なんじゃ。そんでもって、グッチのやつは、なんでか、必ずパチンコ屋によって、『ツルチャン、玉は出よんかえ』って、声をかけていくけん、わしゃ、とーてん恥ずかしい。」

その日の放課後、いつものようにグッチは商店街《がい》を歩いていた。うしろから、花マル先生とアキラ、さらにタカユキがついてくる。

「どうして、タカユキがくるんだ。」

アキラが迷惑《めいわく》そうな顔をした。帰りの会が終わり、グッチが教室を出ると、花マル先生が、ぼくも、ついていこうかな、と言い出して、アキラを誘《さそ》った。アキラは、早くうちに帰ってもしょうがないし、ついていくことにした。タカユキもそれを聞いていっしょに行くと言いだしたのだ。

「アキラの行くところ、美川《みかわ》あり……です。」

タカユキはへんなポーズをとった。

グッチは、後《うし》ろを振り向きもしないで、さっさと歩いていった。信号が変わって、横断歩道をわたり、まんじゅう屋を過ぎて角《かど》を路地《ろじ》に入る。そこがゲーセンだ。

ポワンポワンポワン……キュ一ーン、ポポポン。

耳にジーンと響《ひび》く。入口のドアが開いた。

ジロリ……カウンターにすわった若い兄ちゃんから、チェックされた。

〈セ・ン・コ・ウ・ガ・キ・タ〉

見破られたか……ぼくもこれで、なかなか教師らしいんだな、花マル先生は妙《みょう》に感心した。グッチは、走るようにしてゲーム機の前に立った。そして、黒い布《ぬの》の財布《さいふ》を横の台の上に置いて椅子《いす》を引き、足を大きく広げてすわった。

三分たち、五分たった。タカユキは、ほかのゲームを見に行った。アキラは、手を軽くポケットに入れて立っていた。それが、妙にさまになった。花マル先生は、見ているのに飽《あ》きてきた。フラッと夕カユキの方へ近づいた。

「見てるだけじゃ、つまらないね。」

花マル先生はささやいた。

「先生、しないんですか。お金《かね》持ってるんでしょ。」

つまらないのはこっちだよ、と言いたげだった。花マル先生はポケットをさぐった。

「ないよ。こんなことになるとは思わなかったから、財布《さいふ》を置いてきちゃった。」

「ざんねんですね。」

タカユキは、グッチの方に歩いていった。グッチはゲームの達人《たつじん》だった。クリアーの連続で、なかなか終わらない。花マル先生は、立ち疲れ、あいている椅子《いす》に腰をおろした。

すると、お店の人からジロリとにらまれ、しょうがなくまた立ち上がった。

「おいグッチ、おごってくれよ。先生もしたいよ。」

花マル先生は、半分やけくそだ。

「あんた、大人《おとな》やろ、金《かね》は？」

「それが、忘れたんや。ラーメンおごったやんか。百円くれよ。」

子どものように、ねだった。

「先生、借りるんじゃないんですか。」

タカユキが袖《そで》をひっぱった。

「借りたら、返さないかんやろ。返す気がないんや。」

タカユキがあきれた顔をした。

「あんた、まるで子どもやな。」

グッチは、左手でゲームをしながら、右手で財布《さいふ》をとり、百円玉を一個くれた。しかし、
花マル先生は初心者だ。ゲームはあっという間に終わった。

「先輩《せんぱい》、もう百円ちょうだい。」

調子よく甘《あま》えた。

「またかえ……」

グッチも、甘えには弱いらしい。

「もう百円おくれ。」

四回目になったところで、グッチが立ち上がった。

「ちょっと、どこに行くんや。いま来たばっかりで。はやく百円くれよ。」

「それがねえけん、出るんや。」

「なんで、もうないんか。」

「あんたが、使ったやろ。」

財布《さいふ》をふって見せた。ああ、なーるほど。花マル先生は、やっとわかった。そして、これからもついてこようと思った。やめろと言うより、いっしょに来て、お金を使いまくれば、こんなふうに早く帰ることになるのか。それに、ゲーセンの資金も底をつくかもしれないな。花マル先生は、こんな愉快《ゆかい》なやめさせ方《かた》があったんだ、とひとりそんなことを思いながら、タカユキの背中をバシッとたたいた。

グッチは、どこに行こうか、迷《まよ》った。花センがしつこくついてきている。このままゲーセンを出て、いろんなところへ連《つ》れて行き、手の内《うち》を見せるわけにはいかない。

「帰ろうか……」

ボソッと言った。

「もう帰るんか。」

花マル先生は、つまらなそうにあたりを眺《なが》めた。

「一番つまらないのは、ぼくたちですよ。」

タカユキが、口をとがらせた。グッチがぶらぶらと歩き出した。そのあとを三人が、ぞろぞろとついていった。街《まち》にしずかに明かりがともった。

# 6 夜の海で

花マル先生はゆっくりと階段を上がって行った。一階、二階、三階と上がり、四階がグッチのうちだった。

ことの起こりはこうだ。今日《きょう》は朝からグッチが荒れていた。机をけとばし、椅子《いす》を放《ほう》り投げ、イライラとひざをゆすった。

「おい、少しはガマンできんのか。自分を押さえろよ。」

このところ花マル先生がこう言うと、グッチは少しは自分を押さえるようになっていた。ところが、この日はいつもとちがった。

「ウ、ウルセー！」

吐《は》き捨《す》てるように、グッチは叫《さけ》んだ。

「なんだと、もう一回言ってみろ！」

花マル先生もむきになった。グッチは、

「むかつく……こんなところには、おられん。」

カバンも持たずに、あっけなく出ていった。

「あらまあ、行っちゃった……」

花マル先生はため息をつきながら、うしろ姿を見送った。中休み、花マル先生は職員室でこのことを校長先生に話した。それを聞いていた大五郎先生が、大きなからだをすぼめて言った。

「ごめん。きのう一輪車の大会があって、グッチは、決勝までいったんや。でも、あと一歩のところで逆転されて、最後に二位になってなあ。惜《お》しくも九州大会を逃《のが》したんや。きっとそれで、イライラしているんや。早く言えばよかったなあ。すまんなあ。」

「ああ、そうですか。そんなことがあったんですか。まあ、しょうがないですよ。」

校長先生は、静かに言った。

「どこに行きそうですか。」

「たぶん、ゲームセンターです。」

「それじゃ、あとでわたしが行ってみましょう。」


グッチはゲーセンにいたが、校長先生といっしょには戻らなかった。それで花マル先生が、放課後こうしてグッチの家を訪《おと》ずれることになったのだ。


ピン・ポン。

少し間の抜けたチャイムだった。

「どうぞ。」

髪を肩まで伸ばした女の人が、せまいダイニングキッチンにすわっていた。花マル先生は、グッチの母親をじっと見つめた。丸いめがねに少し青白い顔色。キッチンの椅子《いす》は小さく窮屈《きゅうくつ》で明かりも暗かった。母親は、つけていたテレビを消して話し始めた。

「ヤスオが生まれてからすぐ、父親とはうまくいかなくなりました。それでも四、五年はいっしょに暮らしていたんですよ。食事も別々、電気代もガス代も半々でした。それはもう、冷《さ》めた暮らしでした。気持ちは完全に離れていましたが、離婚すると子どもたちがかわいそうで、ただいっしょに暮らしていました。」

まるでドラマのような話がはじまった。

「でも、そのうちにわたしが病気になりました。気苦労《きぐろう》がつづいたせいかもしれません。離婚する勇気もなかったわたしは、病院に行くために、別府《べっぷ》へ引っ越し、それをきっかけに離婚しました。子どもたちは、父親が引き取りました。向こうは働いていましたから収入があったので、なんとかなると思いました。それでもヤスオは、湯布院《ゆふいん》から別府まで歩いて、わたしに会いにきました。はだしで歩いてきては、ろくに食べ物を食べてないようで、ガツガツと食べていました。それを見ると、かわいそうで……」

ここまで話すと、母親は立ち上がって、お茶をいれた。花マル先生は、そんな母親の姿を黙って見ていた。母親は、お茶を差し出すと、話をつづけた。

「そんな生活が一、二年ほどつづいたのでしょうか。子どものどちらか一人だけならなんとか暮らしていけるかな、と思い、向こうと電話で話して、引き取ることにしました。ヤスオが三年のときでした。すさんだ生活をしていたんでしょうね。」

母親の話は、もうしばらくつづいた。花マル先生は、夕暮れの道をひとり、はだしで歩いている小さなグッチの姿を想像すると、胸がいっぱいになった。

ガタガタ、ガタ。

突然、ふすまが開いた。グッチが、顔を出した。グッチのほおにも涙のあとがあった。

「おお、グッチ。どう、いまからドライブに行こうや。」

花マル先生は、グッチを誘《さそ》った。グッチと二人で話がしたくなった。なんだか急に、グッチが大人《おとな》に思えてきたのだ。グッチは、

「どこへ?」

と言いながら、さっさと玄関へ向かった。花マル先生はあわててついていった。

高速《こうそく》道路をいっきに走ると、山の中から突然、街《まち》の灯《あか》りが見えた。そこで高速《こうそく》を降りた。

意外と花センは、飛ばした。グッチは、運転している花センを見た。街に入って、大きな

電気屋さんの隣《となり》のドラッグストアーの前に車を止めると、花センは店の中に入《はい》っていった。グッチは、〈おれをどこに連《つ》れて行く気かな。花センのすることはわからないな……〉と思いながら、うしろからついていった。花センは、白衣《はくい》を着た男の人にグッチを紹介し、

「どう、このごろの景気は？」

と話しかけた。

「いいことないよ。一番いいのは公務員や。いまどきの民間企業はたいへんで。」

白衣の男の人は、笑いながら腰を下《お》ろした。花センも腰を下ろし、自動血圧《けつあつ》計に腕を入れた。グッチは、「なに考えちょんのかな、この人は……」とつぶやいた。〈なにも考えてねえんかもしれんな〉そう思うと、妙《みょう》に納得《なっとく》した。グッチはぶらっと店を一周《いっしゅう》した。話はまだつづいていた。こんどは反対側からまわろうとしたとき、「かえるよ。」花センが叫んだ。

「はい、ジュース。車の中で飲みよ。」

白衣の人が、車の窓から缶《かん》ジュースを二つ渡してくれた。

車は海岸に出て、そこから海に沿《そ》って走った。

「あの人、ぼくの親友なんで。大きな会社をリストラされて、今のが二つ目の会社や。

いまの世の中、働くのもラクじゃないよ。」

花マル先生が、ハンドルをにぎったまま片手でジュースを飲んだ。

「大人《おとな》も、いろいろあるんやな。」

グッチが、生意気《なまいき》な口をきいた。

「きみも、いろいろあるんじゃないか。」

道路がゆるくカーブして、海の中に少し突き出たようになっているところで、二人は車からおりた。そしてしばらくの間、海を眺《なが》めた。昼間なら眺めがいいこの場所も、沖は真《ま》っ暗で何も見えなかった。

「おれだって、好きでこうなったんじゃねえ。」

グッチが、ポツリと言った。

「好きでこうなったんじゃねえ?」

「おれだって、兄貴《あにき》と一生懸命やったんや。」

「……一生懸命、か。」

「兄貴《あにき》といっしょに飯《めし》つくって、掃除《そうじ》もして暮らしたんや。なのに、なんか文句《もんく》あんのか。」

花マル先生はグッチの顔を見た。薄明かりの下、グッチはひたいにしわを寄せ、怒ったような顔をしていた。

「父さんに、いい人ができたんや。それは、しょうがねえわ。でもな、突然つれてこられて、新しい母さんやって言われて、はいわかりましたって言えるか。しょうがねえことは、わかってる。だけど、おれの気持ちはどうなる。どこに、ぶつけたらいいんや。」

花マル先生は困った。暗い中に、波の打ち寄せる音だけが聞こえた。

「先生のことを父さんて思っていいよ。」

思い切って、花マル先生は言った。グッチが、花マル先生の方をゆっくりと向いて、首をなんども横に振った。

「あんたなんかに、なにがわかる。オレには、親父《おやじ》なんかいらん。母さんは母さんで、からだが弱い。どーしようもねえ。おれの気持ちを、どこにぶつけたらいいんや。親なんか、おらん方がましや。」

グッチは、石をひとつ拾《ひろ》うと、思いっきり海に投げた。花マル先生は、グッチの肩に手をそっと置きたかったが、なんだかそうすることが恐《こわ》かった。

「あのさ、先生のところは、父親を中学のときに病気で亡《な》くした。それから、母さんと二人暮らしや。だから、おまえの、だれかを頼りたいけどだれも頼ることができない淋《さび》しい気持ちは、先生にもわかるよ。だけど、本当に、親がいない方がいいのか？　生きているだけ、いいやねえか。おまえの気持ちは学校で十分にぶつけているやないか。でも、本当にぶつけたい相手は、親なんやろ。だったら、遠慮《えんりょ》しないでぶつけてみろよ。それが、できないんなら、あきらめろ。冷《つめ》たいようだけど、あきらめて、いまの暮らしを、現実を受け入れたらどうや。」

花マル先生は、子どもと話している気がしなかった。グッチはそれには答えず、暗い海に向かって叫《さけ》ぶように言った。

「オレ、兄貴《あにき》といっしょにいたかったんや。でも小三のとき、母さんがこっち来《こ》んかって言うから、まあどっちでもいいかって決めたんや。兄貴もいっしょに暮らせるほど、金がなかったんや。」

グッチの肩が小さくふるえている。花マル先生は、そっとグッチの肩に手を置いた。暗い海に波の騒《さわ》ぐ音だけが聞こえていた。

# 7 ワルの仲間たち

カレンダーは六月だったが、日差《ひざ》しはもうすっかり夏だった。アスファルトの道路の上にカゲロウがユラユラとゆれた。グッチとアキラは、いっしょに走ってジェットコースターに乗ろうとした。タカユキがうしろから追いかけ、それをまた楽しんでいるようにも見えた。

今日《きょう》は、修学旅行だ。グッチもアキラもタカユキも同じグループになって行動した。花マル先生の経験だと、自分とちがう人間どうしほど仲良くなれた。人間というのは、自分とちがうものを持つ人を探《さが》しているからだ。だから、こんなふうに三人が行動する様子《ようす》を見ると、花マル先生はうれしくてたまらない。けれど、個性があまりに強いと、かならずぶつかる。彼らも、そのうちぶつかるだろうという不安もあった。そんなわけで、三人のあとをつけて歩くのだが、なかなか追いつかない。

校長先生は、そんな花マル先生に、

「ほうっておきましょう。子どもどうしのちからにまかせましょうよ。なにかあっても、それはそのとき考えれば、いいじゃありませんか。」

と、おおらかな笑顔をおくった。夜の七時ごろ、グッチは頭に真っ赤《まっか》なバンダナを巻いてホテルの夕食会場に入ってきた。

「となりの学校の校長に、グッチはどういう子かと聞かれましてね。あれでもよくなってるんですよ、と答えました。」

校長先生が、目を細めた。

「はあ……。」

花マル先生は、気のない返事をしてすわった。

「はい、これ。少し遅れたけどな。」

グッチがやってきて、花マル先生の前に箱を差し出した。

「なあに?」

「いいから、ほら。」

グッチは照《て》れくさそうに手渡すと、自分の席にもどって、ガブッとお茶を飲んだ。

「あらぁ、湯のみですか。」

花マル先生が包みを開けるのを見て、校長先生が声をあげた。

「おや、なにか字が書いてある。『オヤジ、アリガトウ』父の日のプレゼントですね。よかったですね。先生の気持ちが伝わっているということですよ。苦労のかいがありましたね。」

校長先生の大きな手が、花マル先生の背中をポーンとたたいた。花マル先生は、この間ドライブした夜の海のことを思い出した。「先生のこと、父さんと思っていいよ。」たしかそう言ったのだった。グッチはそっぽを向いていたが、あのひとことをちゃんとおぼえていてくれたのだ。花マル先生の目から涙がひとつぶこぼれた。


修学旅行から帰った次の日、花マル先生は職員室の窓のところに立っていた。そこから、校庭のすみにある砂場が見えた。砂場のはしに象《ぞう》の形をした石でできた滑《すべ》り台があった。そこに中学二、三年の子どもたちが五人ほどたむろしている。花マル先生は、前にも学校の周《まわ》りで何度か彼らの姿を見かけたことがある。グッチといっしょにいるのを見たことはなかったが、グッチが中学生グループとつきあっているというウワサは、以前から聞いていた。花マル先生は、彼らとグッチが本当につながりがあるのかどうか、確かめてみたい衝動《しょうどう》にかられた。

それにしても、その中学生たちの方が背も高く、体格もよかった。しかも五人だ。花マル先生は、話しかけて殴《なぐ》られたらどうしようと迷った。手には、修学旅行でグッチからもらった湯のみがある。

「あたりまえのことをしていても、しょうがないか……」

花マル先生は、ようやく決心して、グランドを横切っていった。

「なあなあ、ちょっといいかな。」

花マル先生は、砂場にしゃがみこんでいる少年に話しかけた。

「ぼくのクラスにグッチがいるんだけど、グッチが髪を染《そ》めているのと、あんたたちと関係あるんとちがう？」

しゃがみこんでいる少年が、チラッと下からにらんだ。そして、滑《すべ》り台に寄りかかっているいる体格のいい少年の方を見た。

〈ああ、この子が番長《ばんちょう》だな〉

花マル先生は滑《すべ》り台の方に近づき、もう一度おなじことを言った。番長らしい少年は、腕組みをしたまま言った。

「あいつは根っからのワルやねえよ。髪を染めているのも、何かわけがあるんやろ。」

思いがけない言葉に、花マル先生は驚いた。そして、この少年に頼ってみようと思った。

「グッチにどう接したらいいんか、教えてくれ。」

少年たちはニヤッと笑い、その視線をまわした。少しの間、怪《あや》しい時間がながれた。

「そうやなあ、あんまりうるさく言われると、かえって逆《さか》らいたくなるからなあ。けど、先生や親が見捨てているんとちがうのか。」

番長の反対側にいた少年が、意地悪《いじわる》な笑いを浮かべた。

「そうや、見捨てているんとちがうか。」

こんどは番長が、花マル先生を責《せ》めるように言った。花マル先生はドキッとした。しかし、まっすぐに番長の顔を見て、

「いや、ぼくは見捨てていない。」

きっぱりと言った。また少年たちがニヤッと笑った。

「そうやったらいいけど、親が好き勝って させ放題《ほうだい》じゃなあ。」

番長が、腕を組みなおした。

「親が好き勝手させ放題じゃ、だめなのか。」

花マル先生が、オウム返しに聞いた。

「そらそうや、あたりまえやないか。」

とっさに少年が答えた。

「へえ……」

大きくうなずきながら、花マル先生は〈あんたたちの親に聞かせたいなあ〉と思った。

「なあ、ちから貸してくれるか。」

花マル先生は、番長から視線をそらさずに言った。

「ああいいよ。けど……立ち直るのはむつかしいやろ。」

「どうして?」

「あいつは根っからのワルやねえから、どこまでもいくよ。おれたちは根っからのワルだから、適当に悪《わる》ぶって、落ちるところまでは落ちていかん。ここらでヤバイなって、限度がわかる。でも、あいつは本当のワルじゃねえから、見さかいなく落ちていくやろ。根《こん》気《き》がいるで。」

まわりが、しーんとなった。少年のことばが、花マル先生の胸を突き刺《さ》した。グッチは、どこまでも落ちてゆく、見さかいもなく落ちてゆく、と少年は言う。じゃあ、どうしたらいいんだ？　どうしたら、止められるんだ？　花マル先生は、少年の目をなおもまっすぐに見て、必死の思いで言った。

「だから、なんとかしたいんや。あんたたち、なにしてくれる？　ぼくは染めている髪か、遅刻をなんとかしてほしいんだけど。」

少年たちは、びっくりした顔をして、じっと花マル先生を見た。

それから二週間後、グッチは染めていた髪をバッサリと切ってきた。



# 8 水の学習

長い夏休みが終わって、二学期を迎えた。

夏休みに、花マル先生は何度かアキラのうちで勉強会をした。勉強がわからなければ、グッチはいくら学校に来てもおもしろくないはずだ。それで、グッチに誘《さそ》いをかけ、アキラのうちに子どもたちを集め、夏の学習会をはじめた。しかし、この計画も暑さには勝てなかった。グッチは、はじめこそ来ていたが、三十三度を超《こ》える暑さにまいり、湯布院《ゆふいん》の父さんのうちに避暑《ひしょ》に出かけたらしい。

子どもたちの肌《はだ》が、真っ黒に焼けている。そのなかで一人だけ透《す》き通るように白い肌《はだ》の子がいた。それが、モモコだ。モモコは夏休みの自由研究として、水不足について新聞の切り抜きをはったノートを二冊もつくってきた。

「先生、水不足がひどいって知ってた？　わたしね、新聞の切り抜きしながら、とっても驚いちゃった。」

パラパラとノートをめくった。そこにモモコは、深刻《しんこく》な福岡の水不足や四国での給水制限などを伝える記事の切り抜きをぎっしりとはっていた。

モモコは、みんなが帰った教室で、花マル先生を相手に自分の驚きを伝えようと懸命《けんめい》だ。その姿を、花マル先生は、かわいいな、と思った。

「そろそろ、職員会議の時間なんだけど……」

花マル先生が立ち上がろうとすると、モモコの白い腕が花マル先生の肩をぐっと押さえた。しかたなくまた腰を下《お》ろした花マル先生の前に、モモコはすらりとした足を軽く開き、腕を組んで立った。花マル先生は、いつのまにモモコはこんなに成長したのかな、と思ってモモコを見た。モモコもまっすぐに見返した。その大きな瞳《ひとみ》で見つめられると、少し困る。

「先生はいつも、自分たちのやりたいことをやるのが本当の学習だって言ってるわね。」

「うん、そう言ってる。」

「じゃ、わたしは、この水について調べたいの。あのね、日本の水も大変なんだけど、世界はもっと大変なのよ。アフリカの、なんていう国だったかな、水が足《た》りないだけじゃなくて、安全な水が飲めなくて、難民のキャンプで伝染病まで起こって、毎日たくさんの人たちが亡《な》くなってるんだって。」

モモコの話を聞いて、花マル先生はちょっと前のことを思い出した。夏の初め、花マル先生のうちに、浄水器《じょうすいき》のセールスの人がやってきた。一時間近く説明され、強くすすめられて迷ったすえに断《こと》わると、

「いまや浄水器は、つけている人の方が多いんですよ。時代に遅れていますね。」

ひどいことばを浴《あ》びせられた。そのときはたいして関心がなかったが、モモコの話を聞いて、世の中のどれくらいの家《うち》が浄水器をつけているのか、それも調べてもらおうかな、なんか、一石二鳥《いっせきにちょう》になるかも……と思ったら、ひとりでに笑いがこぼれた。

「先生、なに想像してるの？」

「あっ、べつに。わかったよ。モモコのやりたいようにしていいよ。ただ、いっしょに学習をリードしてくれる人が、あと三人いたらなあ。」

「まかせて先生、大丈夫《だいじょうぶ》。」

モモコは、からだをはずませて帰っていった。

「先生、つれてきたわよ。」

モモコが、ガチャコとアキラを連《つ》れてやってきたのは、それから二日後のことだ。

「いいの？　二人とも。」

花マル先生は、にこっとして二人を見た。

「ああ、まあ……」

アキラは、いつもの調子で答えた。

「ほんとうに？」

花マル先生の突っ込みに、こんどは黙った。

「先生、アキラくんはいいって言ったでしょう。わたしたち、幼稚園《ようちえん》からの幼《おさな》なじみなのよ、ねえ！」

モモコが大きな瞳《ひとみ》でアキラを見やった。

「ああ、まあだいたい。」

アキラは、うなずきながら顔をそむけた。

「ガチャコは？」

花マル先生は、モモコがガチャコを連《つ》れてくるとは思っていなかった。

「わたし？　わたしはオッケーよ。モモコからその話を聞いたとき、これはおもしろそうだなって、ピーンときたの。おぼえるばかりの勉強じゃつまんないわ。調べていったらどうなるのかしら。なんだかミステリーツアーみたい！　キャア！」

ガチャコは入学してから、一度もスカートをはいたことがない。ショートカットの髪に丸いめがねをかけ、ジュニアバレーのエースアタッカーらしいしなやかな体つきをしている。ガチャコはまたおしゃべりが好きで、いつも教室の井戸端《いどばた》会議をリードした。それにくらべモモコは、井戸端会議にも加わらず一人でいることの多い子だった。それだけに花マル先生は、モモコがガチャコを連《つ》れてきたのを、おもしろい組み合わせだな、と思ったのだった。そんな花マル先生の思いとは関係なく、モモコは話をすすめた。

「あのさ、わたしたち、一学期にユニセフのビデオを見たでしょう。」

花マル先生は夏休みの前にユニセフから取り寄せたビデオのことを思い出した。アフリカの飢《う》えに苦しむ子どもたちの現状を伝えたビデオだった。ユニセフの正式の名前は国際《こくさい》連合児童基金《れんごうじどうききん》、おもに開発途上《とじょう》国の子どもたちへの援助を行っている国連の一機関だ。

「あのビデオの子どもたちが、忘れられないの。」

モモコの声は、いつものように涼《すず》しかった。

「あのシリーズを、まずみんなで見たらどうかと思うの。」

「あのビデオか。」

アキラが、つぶやいた。

「それは、いいですね。」

いつの間に来ていたのか、横からタカユキが口をはさむと、アキラがいやいやをするようにくびをふった。

「まあまあ、そういやがらないで。アキラのいるところ、タカユキありですから。」

「じゃ、タカユキくんも水の学習の計画をいっしょにしてくれる?」

モモコが、タカユキの肩にちょっと手をかけて、にっこり笑った。

「それは、別にかまいませんよ。」

軽く引き受けたが、すぐそのあと、しまった、と思ったらしい。

「話し合いは放課後ですか。放課後なら、残念ですがぼくは塾《じゅく》です。」

「あっそう、ふーん、タカユキくんって、そういう人なわけ。」

モモコが、プイっと横を向いた。

「いえ、そういうわけではないんです。ただ……」

「ただ、なあに?」

「いえ、やります。やればいいんでしょ。」

プウッと、ガチャコが吹きだした。

「意外と、モモコは押しが強いんだ。ねえねえ、今からユニセフに電話しよ。そして、ビデオを借りるの。」

「さっすが、ガチャコ!」

モモコがひざをポーンとうった。

花マル先生が、職員室からユニセフの冊子《さつし》を持ってきてアキラに手渡すと、どっとみんなが寄ってきて、ビデオを選びはじめた。子どもがその気になると、こんなふうになるのかと、花マル先生はまたひとつ勉強した。


それから間もなく、子どもたちは職員室の電話の前でもめていた。

「やっぱり、言い出しっぺのモモコだよ。」

アキラが、珍《めずら》しく言い返した。タカユキが、大きくうなずいた。モモコはためらいながら受話器《じゅわき》を取った。

「あのォ、別府《べっぷ》市の別府小学校六年一組の水沢モモコと申します。そちらのビデオをお借りしたいのですが、お願いできますでしょうか。」

よそゆきの声で、流れるようになめらかに話しはじめた。あまりの変わりように、花マル先生はあっけにとられた。

「ああっ、先生、あれはグッチじゃないかしら。」

ガチャコが、職員室の扉《とびら》の前をうろうろするグッチを指さした。

「あいつもぼくと同じで、なんだかんだ言っても、アキラのことが気にかかるんじゃないんですか。」

タカユキが、鼻をぴくっと動かした。モモコの電話はまだつづいている。受話器をにぎっている手が汗で光っている。ガチャコがハンカチをそっと渡した。それからまもなくして電話が終わった。

「はあ……」

受話器を置くなり、モモコはガチャコの腕に倒れこんだ。

「おつかれ!」

ガチャコが背中をさすった。

「もう、めちゃくちゃ疲れた……」

モモコが起きあがりブスッと言うと、また倒れた。そんなモモコを見ながら、アキラが言った。

「おまえ、すげえ声の変わり方やな。まるでうちの母さんと同じじゃ。おれたちを怒っていても、電話がかかってくると、『はいもしもし、一《ひと》ツ橋《ばし》でございます』て、ものすごくていねいになる。」

「それじゃさ、『はい一ツ橋だ、なんかよう!』って、怒ったまま言った方がいいわけ?

ガチャコの物まねに、くすくすとモモコが笑った。つられるように、アキラも小さく笑った。花マル先生は、アキラが笑うのをはじめて見た気がした。

すると、職員室の戸のところから、グッチが、

「女なんか、そんなもんじゃ。」

ませた口をきいた。やりとりを聞いていたのだ。

「それってセクハラよ。」

ガチャコがぴしゃりと言うと、グッチはフフッと笑った。


「みなさん、いまからとっても大切なビデオを見てください。これは、わたしたちがユニセフに電話して借りたものです。ビデオの題は、子どもたちにどんな地球を残しますか、というものです。では、はじめます。」

グッチは、はじめはからだをそらして見ていたが、しだいに前のめりになり、最後は椅《い》子《す》を持ってテレビに近づいた。すこし重い音楽が流れ、ビデオは終わった。

ビデオが終わると、モモコが前に出てきた。つられるようにガチャコも前に出てきて、

アキラに手招《てまね》きをした。アキラがしかたなさそうに立ち上がると、タカユキもすぐに立ち上がった。花マル先生は、そんな二人の様子《ようす》がおかしかった。

「これをもとに、これから水について学習したいと思いますが、いいですか。」

モモコはテキパキと話し合いをリードしていった。花マル先生は、これがあのおとなしいモモコかと目を疑《うたが》った。水の学習についての具体的な進め方は、モモコたち四人にまかせることになった。

「ねえ、どうする？　どんなふうにすすめたらいいと思う？　先生は、わたしたちにまかせるって。」

帰りの会を終え、一人また一人と子どもたちが帰っていく教室で、四人はみんなの書いた感想文を読んだ。そんな子どもたちの姿を、花マル先生は黙って見ている。

「世界中のどれくらいの人が水に困っているのかしら。わたし、それを知りたいわ。」

ガチャコが、めがねをかけなおした。

「ぼくは、本で読んだことがあるんだけど、水がきれいかどうかは川にすむ生き物の種類でわかるんだってさ。川に調べに行きたいなあ。」

タカユキは、鼻の穴をふくらました。

「グッチも、こっちに来いよ。」

アキラが、うしろのドアに寄りかかっているグッチに声をかけた。グッチは黙っていた。が、少しすると、ツカツカとやってきた。

「グッチくんは、どんなことをしたい？」

モモコの声はやわらかいが、なかなかストレートだ。

「……べつに。」

グッチは、ひたいにしわを寄せて腕組みをした。しずかに時が流れた。だれかが忘れ物を取りにやってきたが、あわてて戸をしめた。

「グッチも考えてくれてうれしいよ。」

花マル先生が、グッチに話しかけた。

「そんなんじゃねえよ。」

グッチはプイっとふくれ、カバンを取ると立ち上がった。

「あーあ、行っちゃった。だめよ、先生。人にはふれてほしくない時があるんだから。」

ガチャコが大人《おとな》びたことを言って、ため息をついた。その後、話はいっきにすすんだ。

一人ひとりがやりたいことを出し合い、みんなの感想から、学習の計画を立てることにした。

「おい、はやく行こうぜ。」

アキラがグッチに声をかけた。きょうはこれから、商店街《がい》で買い物をしている人たちにインタビューすることになっている。

「めんどくせえな。どうしてわざわざ街《まち》まで行かなきゃならないんだ。おれのうちはこっちなんだぜ。」

グッチがカバンをかかえたまま動かない。日焼けした顔に、汗が滝《たき》のように流れている。窓の外の木陰《こかげ》からセミの鳴き声が聞こえた。今日《きょう》も日差《ひざ》しが強い。花マル先生は、二人の会話はこれからどうなるのかなと、じっと聞いている。これまでグッチは、甘えることを知らなかった少年だ。友だちもいなければ、じゃれるような会話をしたこともない。彼のひたいのしわは、子どものものとは思えないほど深かった。グッチの苦しみを軽くすることと、それができるのは、きっと友だちだ。

「おい、グッチ。ほら。」

アキラがグッチの耳元《もと》で何かささやくと、グッチはアキラの顔をじっと見た。

「それもそうやな。」

やっと、その気になったらしく、先に立って歩き出した。花マル先生は、並んで歩くアキラのうしろから、

「なんて言ったの？　おしえてよ。」

アキラのカバンを引っ張った。

「企業秘密！」

アキラは笑ってグッチの方へ走っていった。

別府《べっぷ》いちばんの商店街《がい》、といっても、今ではずいぶんさびれてしまった。駅の前から少し行くと、大きなデパートがあったが、これも不況《ふきょう》から店を閉《し》め、今ではそのビルもこわされて駐車場《ちゅうしゃじょう》になっている。そこを二十メートルほど歩き、右に曲がると、商店街の入り口だ。花マル先生は、この商店街の入り口にあるアイスクリーム屋さんが、お気に入りだった。

その前を通り過ぎ、しばらく歩くうちに、点々と貸し店舗《てんぽ》が目に入る。ここ一年で、どんどん店が変わり、多くの店がシャッターを下《お》ろしてしまった。みんなの生活がこんな状態で、いつもなにかに追われ、おびやかされていると、その不安はきっと子どもにも伝わ

る。だから、グッチのような子どもが登場《とうじょう》してきても、それは彼が悪いのではなかった。時代が、彼のような子どもを送り出している。

花マル先生はふと、貧しかったけれど、時間がゆっくり流れていた子ども時代を思い出した。まきを割り、新聞紙を丸めて風呂《ふろ》をたく。煙が目に入って涙が出た。家にあった鉄でできた五右衛門《ごえもん》風呂には、まるい木の板が浮かべてあり、その上に乗るとスーッと底に沈《しず》んでいった。乗りそこなって、足が鉄の底にふれると、やけどするくらい熱かった。

「せんせい、ここだよ!」

モモコが向こうから小さく手をふった。商店街《がい》の真《ま》ん中に大きな船のシンボルがあった。その周《まわ》りをグルッと囲《かこ》むように子どもたちが取りまき、通りかかる人に声をかけている。そこから少し離れたところに、グッチはすわっていた。

〈どうしたのかな?〉

花マル先生は、アキラに聞いた。

「あのなあ、グッチもはじめ何人かにインタビューしようとしたんだけど、近づいていくと避《さ》けられるんや。あいつ、あんな格好《かっこう》やろ。とうとうオレのファッションは年寄《としよ》りにはわからん、てふてくされてしまったんや。」

花マル先生は、大きな声で笑った。

「先生、すごいんだ。百人に聞いたら、五十九人が浄水器《じょうすいき》をつけてたよ。中央新聞の結果とおなじだよ。」

タカユキが駆《か》け寄ってきた。それにつられて、子どもたちが集まった。

「このことは、あした学校で、それぞれが個人新聞にまとめようね。今日《きょう》はこれで帰ろうか。」

「はーい。」

子どもたちが声をそろえて返事をするのは、こんな時だけだった。花マル先生も満《み》ち足《た》りた気分で子どもたちが帰っていくのを見送った。

# 9 モモコの告白

「今日《きょう》も商店街《がい》に行って、いろんなお店がどれだけお水にこだわっているか、それを調べたいと思います。テーマは、お水についてのこだわりです。」

モモコの声を聞くと、なんとなくそうしたくなるから不思議《ふしぎ》だ。街《まち》を行く人にインタビューして以来、子どもたちは人に聞くことがたまらなくたのしい。これからはしばらく、この商店街のどれくらいの店が使っている水にこだわっているのか、調べようということになった。そんな提案をすると、子どもたちは、待ってましたとばかりにわいた。

グッチとアキラ、それにタカユキの担当はラーメン屋になった。まず商店街の入り口にあるラーメン屋の前で、円陣《えんじん》を組んでじゃんけんをする。だれが、ラーメン屋で質問するか、決めるためだ。アキラが負けて、ここでの質問はアキラがやることになった。

ラーメン屋の赤いのれんをくぐり、中に入ると、大将《たいしょう》がタオルを頭に巻いて、大きな鍋《なべ》でだしをとっている。プーンとラーメンのいい匂《にお》いがする。三人はしばらくその様子《ようす》に見とれた。大将は、ようやく小さな客に気づいた。

「ヘイ、いらっしゃい！」

大将の声は、とてつもなく大きかった。三人は、その声の大きさに足がいっしゅん止まった。

「あの、やっぱり、水にこだわっていますか。」

アキラが頭をかきながら、ぼそぼそと言った。

「もう少し大きな声で言えよ。」

タカユキが、背中をつついた。アキラが言い直そうとすると、

「あたりまえよ。うちの店はなあ、自慢《じまん》じゃないが地下二百メートルのところから水をくみ上げてるんだ。麺《めん》も大事だが、水は命だ。」

だしを、ひしゃくの大きいのでくみ上げて見せた。湯気《ゆげ》がシュワーとあがり、それといっしょにプーンといい匂《にお》いがした。

「うまそう……」

だれかののどが、ゴロッと鳴った。

「んじゃ、とっても、うめえやろな。」

グッチが、ニヤッとした。

「おお、うれしいことを言うねえ。どうだい、食《く》っていかねえか。」

三人は顔を見合わせた。またたれかののどが鳴った。

一軒《いっけん》目のラーメン屋から、五十メートルほど行ったところに、もう一つ、黒いのれんのラーメン屋があった。こんどはタカユキが聞く番だ。

「あのォ、すみません。」

「なんだい？」

カウンターの向こうから主人がこちらを見た。やっぱり頭にタオルを巻いている。

「ぼくたち、社会科の勉強で水について学習してるんですが、お宅のラーメンに使う水も、地下からくみ上げてるんですか。」

タカユキの聞き方というのは、よく言えば無駄《むだ》がない。そのため、目的に一直線にいくのだが、これが外《はず》れるとこわい。

「どういうことかい?」

「いいえ、ラーメンのスープは地下水を使ってるんですか。」

「いいや。そんなもん使ってねえよ。」

主人はつっけんどんに答えると、なんか文句《もんく》があるのか、という目でにらんだ。タカユキがもじもじして、グッチのシャツをつかんだ。

「それじゃ、まずいやろ。」

グッチが、ポロッと言った。

「なんだとォ、ラーメンはだしが命じゃ。うちのだしは、特製じゃ。」

主人は大きなひしゃくを取ると、釜《かま》の湯をすくってグッチの方にあびせかけた。

ジュウ……シュワッ……

白い湯気《ゆげ》がゆらゆらとあがった。三人はあわてて店を飛び出した。

「あぶねえ……」

グッチがつぶやいた。

「おまえ、あれは言いすぎだよ。」

アキラが肩をたたくと、三人は、クククと笑いだした。子どもどうしがつながるとは、おかしなものだ。いっしょに過ごすだけで仲よくなる。それが、ハプニングがあると、いっそう子どもたちを接近させた。世間《せけん》の風にあたることが、子どもたちを人間へと脱皮《だっぴ》させるのかもしれない。

小さな広場になっているところまで走ってくると、アキラはベンチにすわった。グッチも、すわった。タカユキもすわろうとすると、グッチが、股《また》を大きく開いてじゃまをした。タカユキはかまわず、グッチの開いた股《また》の上に腰を下《お》ろした。グッチが黄色い声で叫んだ。

「タマガ、ツブレルゥ！」

また、三人が笑った。

「あれ、モモコと先生じゃねえか。」

グッチが笑いをとめて指さした。

モモコとガチャコ、それに花マル先生の三人が、広い通りの反対側の歩道を歩いている。

「ガチャコもいるぜ。」

タカユキの顔がポワーと赤くなる。

アキラたちに気がついたモモコは、小さく手をふったが、そのまま歩きつづけた。沈んだその横顔は、いつものモモコではない。

「どうしたの?」

花マル先生が声をかけた。花マル先生を見たモモコは、なにか言いかけたがやめた。そして、また顔をふせ、ポツリと、

「男子って、いいな。」

と、つぶやいた。

「なにかあったの?」

花マル先生は、もういちど聞いた。

「う、ううん……。」

モモコは小さくくびをふったが、その大きな目からポトリと涙が落ちた。ガチャコが、にらむように花マル先生を見返して、くびを二、三度、横にふってにらんだ。その目は、これ以上聞いちゃだめ、と言っていた。

小さな児童《じどう》公園の前に通りかかった。遊んでいる子どもの姿はない。

「ちょっとすわろうか。」

花マル先生が公園に入っていくと、二人もついてきた。モモコとガチャコは、二つ並ん

でいるブランコに腰を下《お》ろし、花マル先生は、その横の鉄の支柱《しちゅう》にもたれて休んだ。三人ともしばらく黙っていた。やがて、モモコは、大きく息を吸うとせきをきったように話しはじめた。

「パパとママが、離婚しちゃったの。夏休みの始まるちょっと前なんだけどね。それでわたしは、いまパパと二人で暮らしてんだ。ママが、ブティックのお店を始めて忙しくなって、それから変になったの。家族でご飯《はん》食べることもなくなっちゃって、おかしくなったの。気づいたら、ママが離婚したいって。」

モモコは、もう泣いていなかった。

「それでモモちゃん、夏休みの間、マミちゃんちによく行ってたの？」

ガチャコが、確かめるように聞いた。

「だって、家にいてもひとりだもん。マミちゃんに勉強を教えていると、ああ、わたしも人の役に立つんだな……て、なんだかうれしくなっちゃって、気もまぎれるしね。」

モモコはそう言って、よわよわしく笑った。

「そうか……そんなことがあって、水の学習にも力が入《はい》ってるんだね。」

花マル先生は、モモコが見せてくれた新聞を切り抜いたノートのことを思い出していた。

きっとモモコは、さびしさをまぎらわすため、一人でせっせと切り抜きをしたんだろう。

そう思うと花マル先生は、モモコがいじらしくてたまらなくなった。

「よくわかんない。でも、もう行くとこないの。」

モモコが答えた。おびえたような声だった。

「えっ？」

花マル先生は、思わずモモコの顔をのぞきこんだ。

「かわいがってくれたおばあちゃんも去年《きょねん》死んで、遊びに行くところも、帰るところもないの。こういうのを孤独《こどく》っていうのよね。」

モモコはさびしく笑った。ガチャコが、めがねをふいた。そして、

「それは、ちがうわ。」

といってモモコの目をまっすぐに見た。

「だって、わたしのうちがあるもん。モモちゃん、わたしのうちに、いつでも遊びにおいでよ。」

「うん……ありがとう。」

モモコは素直《すなお》に礼を言って、ブランコから立ち上がった。

あたりは、うっすらと暗くなりかけていた。

「それじゃあ、先生。わたし、ママのブティックに寄って帰るから。」

いつものはっきりした口調《くちょう》に戻ったモモコは、通りの向こうに歩いていった。

# 10 大使館から返事が来た

日差《ひざ》しも日ましにやわらかくなっている。運動会も終わり、学校では「勉強の秋」を強調した。六年の花マル教室では、グッチをめぐって小さなトラブルが繰《く》り返されたが、それもいつものこととして受け入れる余裕《よゆう》が生まれていた。人は、トラブルのなかで大きくなるのかもしれない。モメゴトが起こり、それをどう解決するか、それぞれにとりくんでいくなかで人は育っていく。だから、トラブルを起こすグッチは、みんなの成長のタネといえるかもしれない。

「これからしばらくは、大使館に質問の手紙を出して、世界の水の事情を調べたいと思います。いいですか。それで、一人が二カ国から三カ国に手紙を出すと、九十の国になります。どこの国を受け持ちますか。」

モモコがいっきに提案した。それにしても不思議《ふしぎ》だと、花マル先生は思う。言いだしっぺのモモコを中心に学習の計画を立てたことが、こんなに子どもたちの心にまっすぐにとどくとは思わなかった。

「ぼくはイタリアがいいよ。」

子どもたちがうきうきしているのが伝わってくる。

「めんどくせえな。」

例によって、グッチがみんなの流れに逆《さか》らった。パッとグッチに視線があつまった。

「おれもや。手紙を書くのは嫌《きら》いや。」

アキラまでが同調《どうちょう》した。ため息がもれる。

「アキラくん、きみは提案者の一人じゃないの。」

花マル先生はなだめるように言ったが、心はおだやかではない。

「そうだよ。だからおれ、立場上《たちばじょう》は賛成したけど、手紙を書くのは面倒《めんどう》や。手紙じゃなかったら、いいけどな。」

　モモコとガチャコが、ヒソヒソと話した。そして、花マル先生をかこみ、ひとことふたこと言うと、花マル先生がスッと立ち、うっすらと笑いを浮かべて教室を出て行った。アキラは、怒ったのかな、とちょっと心配した。

「手紙を書くのは、パソコンで書いてもいいというのは、どう？　手で書いても、もちろんいいのよ。」

　モモコとガチャコがもう一度提案した。しばらくクラスがざわついた。

「おい、ドアを開けてくれ！」

　しばらくすると、花マル先生がパソコンを抱《かか》えてやってきた。

「これを使っていいんだよ。それにパソコンルームでやってもいいよ。あそこはエアコン入るからね。」

　花マル先生のことばが終わらないうちに、アキラが前にやってきて、

「うちにも三台あるよ。どれどれ……」

　ポケットから手を出した。

「ぼくのうちにもあります。デスクトップですか。メーカーは？」

タカユキがキョロキョロした。すると、グッチがのっしのっしと歩いてきて、

「どけ、おれにもさわらせろ。」

タカユキを押しのけて、真《ま》ん中にすわった。グッチはエジプトを受け持った。こうしてグッチとアキラの〝反乱〟はあっけなくおさまった。


「ハロー、ハロー。」

放課後のことだ。ガチャコが、学校の玄関にある公衆電話にしがみついている。花マル先生は、どこに電話をしているのかな、と立ち止まった。ガチャコが片手で受話器《じゅわき》を持ち、もう一方の手で手招《てまね》きをした。

「アア、チョット、マッテ、クダサイ。」

おかしな日本語で言い、受話器を手で押さえて、

「せんせい、かわって。ことばが通じない！」

悲鳴《ひめい》をあげた。花マル先生はドキッとした。英語は苦手《にがて》だ。はっきりいえば、日本語以外は話せない。そのとき、階段をトントントンと、グッチが下《お》りてきた。チラッと、花マル先生はグッチに目をやった。グッチは、「話せるのかい。やってみな」と言わんばかり

に階段の上からニヤッと笑った。花マル先生は逃げられない。

「ハロー、ハロー。エックスキューズミー。ネクスト、ネクスト。グッバイ。」

相手のことばも聞かずに、知っていることばを並べて電話を切った。

「残念や。英語は通じないみたいだよ。どこに電話していたの。」

「ポルトガル大使館。」

「ああ、どうりで。あれはポルトガル語だよ。」

そうごまかして、ホッとした。

「さあ、どこまでほんとうか、怪《あや》しいな。」

グッチが、ギラッと目を光らせた。花マル先生は、またドキッとした。


「もしもし、ああオレ、グッチや。」

十一月も近い日曜日の夕方のことだ。テレビでサザエさんの歌がはじまったころ、電話のベルが鳴った。

「わあ、どうしたの?」

事件かな? 花マル先生の顔がくもる。

「あれ、来たで。」

「あれ?」

「あれや、返事。エジプトから届《とど》いたわ。ま、そういうことやから。」

それだけ言うと、グッチは電話を切った。花マル先生は電話を置いてじっと考えた。大使館からの返事は、ポツポツと届いていた。すこしずつ、世界からの風が吹きこんでいた。しかし、返事が来たからといって、だれもわざわざ花マル先生のうちにまで電話をかけてきたものはいない。グッチは、どうして電話をかけてきたのだろうか。そのなぞを考えると、花マル先生はなんとなくウキウキした気持ちになった。

次の日、花マル先生はアキラとタカユキ、モモコ、ガチャコを呼んだ。

「グッチがきのう、大使館から返事が来たと電話をしてきた。これは、なぜかな。グッチの電話から、なにを読み取る?」

花マル先生は、なぞときのような問いかけをした。四人はキョトンとしたが、すぐに考えはじめた。

「グッチは、オレには勉強なんかいらないって言ってるけど、あれはウソじゃないかな。」

タカユキが、めずらしくゆっくりと言った。それを聞いたガチャコが、

「うーん。」

と、うなった。タカユキがつづけた。

「勉強なんか捨てた、中学を出たら働く。そう言ってるけど、ほんとうはその反対じゃないかな。」

「うーん。」

こんどは、モモコがうなった。

「じつは、先生もそう思ったんだよ。口では、中学を卒業したら働く、卒業証書だけもらえばそれでいい、なんて言って、勉強をあきらめている。だけど、あきらめた、あきらめたって言うのは、あきらめきれない、あきらめきれないっていう叫《さけ》びなんだよ。」

花マル先生は、しずかにほほ笑みを浮かべ、タカユキの肩に手を置いた。タカユキはその手をそっと振り払《はら》った。

「オレにも、そんなことがあるもんなあ……。」

黙っていたアキラがつぶやくと、みんながアキラの顔を見つめた。

「きみたちは、グッチのために何をしてくれる?」

突然、花マル先生が言った。四人は、顔を見合わせた。

「ううーん、勉強なら……」

ガチャコが言うと、モモコが〈ひらめいた！〉という顔をして、

「どこかのうちで、放課後勉強会なんてどう？」

そう言いながら、アキラの方を見ている。アキラの家は広いし、学校にも近い。

「ええ、うちかい？」

アキラが、ブルブルと肩をすぼめた。その様子《ようす》を笑って見ていたガチャコが言った。

「だったら、うちのとなりの公民館はどう？　うちが鍵《かぎ》を預《あず》かってるの。」

モモコがすぐさま賛成した。

こうして毎週木曜日、ガチャコの家のとなりの西町公民館で勉強会を開くことになった。

花マル先生が校長先生に話すと、校長先生は、財布《さいふ》から五千円出してくれた。

〈これから毎週くれるのかな。それともこれ一回なんだろうか？〉

花マル先生は、ちゃっかりそんなことを考えた。しかし、この五千円はきいた。

「おいグッチ、お菓子《かし》を買わないか。」

アキラが誘《さそ》い、お菓子を買って公民館に連《つ》れてきた。

「はい、これからおやつですよ。」

六時になり、ガチャコがそう声をかけると、子どもたちが寄ってくる。ボランティアで来てくれていたお母さんたちが、

「これは、わたしたちからの差し入れです。」

いつも、なにかをつくってくれた。こうなると、参加者はふえる。最初は、ひとクラスだけだったが、となりのクラス、そして全学年に広がり、子どもたちはいつも三十人ほどが集まった。


「うわー、トンボだ。」

トンボが一匹、教室に迷い込んできた。子どもたちはうれしそうに立ち上がり、トンボを素手《すで》でつかまえようとした。

「おいおい、あんたたちは六年生なんだから、トンボぐらいで騒ぐなよ。」

花マル先生は、またかという顔をした。

「あのね、街《まち》なんだよ、ここは。街じゃあ、トンボは珍《めずら》しいんですゥ。」

モモコが、ほっぺをふくらました。

「わかったよ。わかったけど、トンボをそっとしておいてあげようよ。そして、ぼくら

も、調《しら》べることにもどろうよ。ほら、ええと、日本は水に恵《めぐ》まれてるのか、水道の水は安全か……じゃなかったかな。」

花マル先生は、子どもたちの落ち着きを取り戻《もど》そうとした。でも子どもたちは、できるだけ長く騒ぎたい。しばらくしてやっと子どもたちは席にもどった。

「わたしは、日本は水に恵まれていると思います。だって、外国に行ったことのある人が、日本の水はおいしいし、安心して飲めるって言ってたもの。」

モモコが、リードした。

「それはどうかな。だって、街《まち》で百人に聞いたときも、浄水器《じょうすいき》をつけている人が百人中五十九人もいたからです。ぼくの家もアルカリイオン水の浄水器をつけているし、それだけ、水がおいしくないんだと思います。」

アキラが言うと、タカユキが、

「だけど、別府《べっぷ》じゃ断水《だんすい》になったこともない。よその国だと水くみをしている子どもや女の人がたくさんいたけど、別府、いや、日本じゃそんなことはないよ。それだけ、水に恵まれてるんじゃないですか。」

と言い返した。

「あの、ちょっといいかな、先生のうちに浄水器のセールスの人がやってきた。そして、浄水器をつけませんかっていうわけ。いまでは六割の家がつけていて、それがジョーシキですよって言うんだ。それで、おいくらですかって聞いたら、いくらだと思う？　十五万だよ。高いよ。そんなお金ないよ。」

花マル先生が言い終わったとたん、

「あのなあ、ちょっと聞くけど、アンタのうちは持ち家やろ？」

グッチにアンタと言われると、少しこわい。花マル先生は「まあね」とうなずいたが、そのあとが気になった。

「自分の家を建てた人が、たった十五万くらいで、たけえとか言うなよ。」

グッチが、妙《みょう》に説教《せっきょう》じみたことを言った。みんなはすこしポカーンとしたが、なにも聞かなかったかのように、話をつづけた。花マル先生は、また一本取られたな、と心の中でくやんだ。

「日本は水に恵《めぐ》まれているのか、いないのか」。考え方は、二つ。クラスは、気持ちいくらいまっぷたつに分かれた。ガチャコやモモコは、放課後もグループをこえて、自転車に乗り、調べることを繰り返した。放課後はもう子どもたちの世界だった。

「あとで、ガチャコのうちに集合ね。」

だれかが言うと、

「うん、わかった。」

だれかが答えた。

花マル先生は、そんな光景がうれしかった。子どもにどれくらいのことをまかせることができるのか、いわゆる、ふところの広い教師になりたいと思っていた。しかし子どもたちは、この教師はまかせてくれるんだな、とわかると、どこまでまかせるんだろう、と試《ため》しに出てくる。そのときが問題だ。

五時を過ぎ、家に帰る前に、花マル先生は、ガチャコのうちに寄ることを思いついた。大きな県道のわきを入ると、昔ながらの街並《まちな》みの中にちょっと民家風《みんかふう》の温泉ホテルがあった。その温泉の出ている湯気《ゆげ》を南に見ながら登っていくと、ブロックで囲《かこ》まれた古い一軒《けん》家《や》がある。ブロックの塀《へい》の前に、自転車が七、八台止まっていた。

「おおっ、やってるな。」

花マル先生はうれしくなって、中の様子《ようす》を想像した。すると突然、子どもの声がして玄関が開き、ゾロゾロと出てきた。

「あら、せんせい……」

モモコが声をかけてくれたが、そのまま自転車に乗って行ってしまった。あたりは静けさを取り戻したが、花マル先生の耳にはまだモモコたちの笑い声が残っている。

「学校に戻ろうかな。」

花マル先生がガチャコのうちに背を向けた時、ガチャコの母さんが買い物袋をさげて帰ってきた。

「先生、なにかあったんですか。」

「いいえ、特別なことはないんですが、いつもこうやって多くの子どもがお邪魔《じゃま》してるんじゃないかと思いまして、様子《ようす》を見にやってきたんですよ。お世話《せわ》になります。」

「ああ、そういうことでしたか……」

ガチャコの母さんは小さくため息をついて、下を向いた。

「どうしましたか、なにかありましたか。」

母さんの思いがけない反応が、花マル先生は気になった。

「ええ、それがこのごろ、ガチャコが変なんです。うちは、親戚《しんせき》に学校の先生が多いこともあって、ガチャコも教師にと考えております。それで、英語の塾《じゅく》に五年の春から申し込んでいました。でも定員がいっぱいだからと言われて、一年待ってようやく欠員が出て入《はい》れました。ところがこのごろ、その塾に行くのがいやだと言いだしまして……その言い方がまた激しくて、泣いたり叫んだり、部屋に行くと、物を投げたりして、どうしていいのか……」

「そうでしたか。そんなことがあったんですか。学校では、いろんなことの中心になってくれ、みんなの信頼も厚いんですよ。」

花マル先生は明るく言ったが、ガチャコの母の顔は晴れなかった。ガチャコは、いま塾で一人ひとりが競《きそ》う孤独《こどく》な学習と、自転車を走らせ、友だちといっしょに調べる学習の谷《たに》間《ま》で揺《ゆ》れているのだろう。その揺れが、花マル先生にはよくわかるような気がしたが、そのことをいまガチャコの母に話すのは荷が重いなと思い、そのまま帰った。

その頃、グッチはアキラのうちにいた。

「おいアキラ、電話帳《ちょう》あるか。」

突然、グッチが言った。

「あるよ。どうしたんか。」

「ちょっとかせ。」

「どこを調べるんか。」

「福岡のおじきの会社や。」

「それは、これにはのってないよ。大分県《おおいた》じゃないところは104で聞かなきゃ。」

「104か。電話、借りていいか。」

それから104番に電話し、伯父《おじ》の会社の名前を言い、番号を教えてもらったグッチは、福岡に電話をかけた。

「もしもし、ああオレ。いま学校で水について調べてるんや。おじきのいる福岡は、どうして水不足が起こるんか。」

かれこれ二十分近く話しただろうか。グッチが学習のことで電話をしたのは、これがはじめてのことだった。

「いったい、どうしたんや。」

アキラが、あきれたような顔で聞いた。

「いや、なんとなく。ああ、これはオマエのくちぐせか。」

二人は、声をあげて笑った。その笑い声を聞いたアキラの母がキッチンからリビングに入《はい》ってきた。

「グッチちゃん、よかったら、夕ご飯《はん》たべて帰らない？」

アキラがそうしろよ、とでも言うように、グッチのわき腹をつついた。

「ええ、でも……」

「いいのよ、えんりょしなくて。ねえ、アキラ。」

アキラの母が近づくと、プーンとなにかしらいい香《かお》りがした。

「それじゃあ……」

グッチが言いかけたとき、玄関のドアが開いた。母は玄関へ行った。

「あら、はやいのね。」

すぐにアキラの父が、リビングに入ってきた。

「ああ、またすぐに出かけるから。飯《めし》はできているか。おいアキラ、塾《じゅく》はどうした。勉強は、ちゃんとしているのか。」

父は黒い重そうなカバンをテレビの横に置きながら言った。とたんにアキラの顔は不機《ふき》嫌《げん》になった。

# 11 親たちのモメゴト

朝の会が終わり、一時間目が始まった。しかしどうしたことか、ガチャコたちのグループがいない。

「おい、ガチャコたちはまだ来てないか?」

花マル先生は、ガチャコの席のとなりにいるアユミに聞いた。

「うん、荷物はないよ。」

答えながら、机の中を見た。そして、もう一度くびをふった。

「おかしいな、ガチャコ一人だけでなく、学習班四人全員が来てないなんて。」

花マル先生は、腕組みをして窓の外を見た。

「あっ、いたァ!」

花マル先生の大きな声に、子どもたちがドッと立ち上がった。三階の教室の窓から、大通りをはさんで正面に市役所が見える。その市役所の正門から、四人がハシャギながら出てきた。

「どうしたのかな。」

だれもが、不思議に思った。

ガラガラガラ。

戸が開くと、花マル先生が聞くよりも早く、

「あのねえ、わたしたち市長さんに会ってきたのよ。ねえ！」

ガチャコの声はうわずっていた。

「ええっ、市長に!?」

花マル先生の声もうわずった。

「そう、きのうの夕方、市役所に行ったの。そしたら、今日《きょう》は忙しいけど、あしたの朝なら会えるって、秘書《ひしょ》の人が教えてくれたの。それで朝、行ったら、市長さんがいたのよ、ねえ。」

ガチャコがそう言うと、ほかの子もいっせいにうなずいた。

「それで、市長さんに、別府《べっぷ》の水は安全ですかって聞いたのよ。そしたら、安全ですって答えてくれた。」

わかりきった答えだな、と花マル先生は思ったが、一方でちょっぴりホッとした。ガチャコの話は、さらにつづいた。

「それで、わたし聞いたのよ。市長さんちは、浄水器《じょうすいき》をつけていますかって。」

「なるほど、すごいつっこみやな。」

子どもたちは、また声をあげた。

「で、市長さんは、なんて?」

花マル先生が、先をさいそくした。

「うん、つけていますって。」

「なんだ、やっぱり。」

子どもたちのがっかりした声がもれた。

「だけど、安全だって言ってたよ。心配なら、水道局に行ったらって。そのあと、わたしたち、ジュースをもらって、デジカメで写真までとったの。ほら!」

オレンジジュースを前に、ガチャコたち四人と市長さんが写っていた。

今日《きょう》は、木曜日。放課後の学習会の日だ。このごろは一年から六年までたくさんの子どもたちがやってくる。ここは、校区の西側にある小さな公民館だ。公民館の玄関は、畳《たたみ》二枚分くらの広さがあったが、子どもたちが二十人をこえると、靴《くつ》でいっぱいになった。その玄関を上がると、すぐに三十畳《じょう》の広間がある。片側に床《とこ》の間《ま》がつくられ、反対側には台所が仕切られてあった。

五時になると、子どもたちがやってきてめいめい自分の好きなところにすわる。そして、宿題をする子、調《しら》べ物をする子、本を読む子、過ごし方はさまざまだったが、そうやって子どもたちは、同じ空気をすうことを楽しんでいるように見えた。時間になったら始めて、時間がきたら帰っていく。ただそれだけだ。

一つだけ、はじめのころと変わったことがあった。毎回、六時前になると、お母さん方が入れかわりやってきてはおやつを差し入れてくれた。今日《きょう》はドーナツだ。いろいろな学年の子どもたちが、おやつを食べ、それから公民館を出て行った。机を片付け、電気を消そうとした時、差し入れをしてくれたお母さんの一人、いずみさんが、シンゴ先生を呼びとめ、タッパーを渡した。

「はい先生、これは今夜のおかず。ちゃんとお米をたくのよ。」

独身《どくしん》のシンゴ先生は、お母さんたちに囲《かこ》まれうれしそうに礼を言ってタッパーを受け取った。この間までは、ぼくがあんなふうに気を使ってもらっていたのに……花マル先生は、すこし悲しかった。

公民館を出ると、秋の風が身にしみた。

「いつもお世話になります。こうしてお母さん方が来てくださるので、やりがいがあります。」

お母さんたちにそう言うと、大五郎先生の方を見た。

「そうだよなあ。やる気になるなあ。」

大五郎先生も、あいづちを打った。

「いいえ、先生たちが、こんなことまでしてくださるんだから、わたしたちも、できることは手伝いますよ。」

こんなふうに言われると、やめられないな、と花マル先生は思った。

「あのね、先生。」

いずみさんがあらたまった言い方をした。

「わたしたちで話したんですが、グッチちゃんをうちに呼んで夕ご飯《はん》をいっしょに食べてもいいですか。」

「ええっ……」

花マル先生は驚いた。それは願ってもないことだ。しかし、簡単にお願いしてもいいのだろうか。花マル先生は少しとまどった。

「ええ、わかります、先生の立場も。だから、わたしたちが勝手にしたらいいんじゃないかしら、ねえ。」

いずみさんはにっこり笑い、そばのお母さんに話しかけた。花マル先生は、こういう会話って、なにかのドラマであったたな、と思い出した。

「ありがとうございます。自分の子と同じように、グッチに接してください。おかしい時はどうぞ叱《しか》ってください。」

おぼえていたドラマのセリフを、そのまま言った。

その日の夜のことだった。時計は、十時をまわっている。電話が鳴った。

「夜おそくにすみません。」

となりのクラスのお母さんだ。語りはじめはていねいだった。

「先生、おかしな動きがあるのよ。」

だんだんテンションがあがってきた。

「先生たちが、西町公民館で毎週子どもを集めて、学習会しているでしょう。あれをおかしいっていうPTA役員がいるのよ。どういうこと⁉」

それは、花マル先生の方が聞きたいことだ。

「いつも西町公民館でするのは、ひいきだって言うの。こんど、役員会で取り上げるらしいのよ。わたしはもう頭にきちゃって、とにかく先生に知らせなきゃと、こんな時間になっちゃったんです。でも、どうしますか。いいことをしているのにひいきだなんて、どうかしてますよ。おなじ校区《こうく》に住む人間として、恥ずかしいです。わたしが校長先生にかけ合いましょうか。何人かの親を連《つ》れて、校長先生に談判《だんぱん》して、おかしな意見を真《ま》に受けないように言いたいと思います。そうして、いいですか。」

人の気持ちは不思議なもので、他人が興奮《こうふん》して怒ってくれると、かえって冷静に聞くことができる。花マル先生は、すぐにうれしい気持ちでいっぱいになった。

「ありがとうございます。でも、まずぼくが、その役員さんと直接話してみましょう。

もしそれでうまくいかなかったら、お願いするかもしれませんが、まずは自分で話してみます。」

けっしてかっこうをつけ、強がりを言ったのではなかった。いつも花マル先生は、こんなきわどいところを歩いてきたように思う。そんなとき、かならず自分に言い聞かせていることばがある。それは、「話せば、わかる」だ。

ことばをおぎなって、ほんとうのことを話せば、きっとわかってもらえる。そんな経験をしながら、いつもなんとか切り抜けてきた。いやそれどころか、こんなふうにモメゴトが起こると、自分を大事にしてくれる人がいることがわかり、それが新たな力になった。

花マル先生は、その役員さんの電話番号を聞き、すぐに電話をかけた。


翌日の放課後、役員をやっているお母さん二人が、学校にやってきた。花マル先生は、すぐに本題に入った。

「忙しいところ、お呼びたてして申しわけありません。実は、ぼくたちがやっている木曜日の学習会のことなんですが、どうしてそれをしているのか、そのわけを一度お話ししておこうと思いまして、来ていただきました。木曜の学習会は、グッチのことが起こりなんです。」

突然グッチの名前が出てきて、二人は顔を見合わせた。

「グッチがゲーセンにかよったり、いろんなことでトラブルを起こしてきたことは、ご存知《ぞんじ》だと思います。でも、グッチのそんなトラブルの奥には、複雑な事情があるんです。」

花マル先生は、これまでのことをくわしく話した。二人は黙って聞いていた。が、三十分ほどかけて花マル先生が話し終えると、一人のお母さんが深いため息をついた。

「わかりました。先生たちが、なぜ学習会をしているか、よくわかりました。ここへ来る前に、わたしも主人にこのことを話したら、じつは叱《しか》られました。いまの時代、仕事が終わったあとに、子どもを集めて勉強を教えてくれるような先生に、お礼を言うのならまだしも、文句《もんく》をいうとはなにごとかってね。いえ、文句があったんじゃありません。ただ、同じ所ばかりではなく、こっちでもやってほしいという、うらやましさがありました。でも、どうしてそれが西町公民館なのかもわかりました。本当に心配かけてすみません。」

そう言って、頭をペコンとさげた。花マル先生はホッとした。

「ありがとうございます。わかっていただけてうれしいです。もし、グッチが愛情たっぷりに育っていれば、だれかがグッチのコップの水を飲んでも怒らないでしょう。飲まれても、すぐにまたいっぱいにそそがれるからです。しかし、残念ながらグッチのコップには、いつもほんの少しの水しかありません。だれかがこの水に口をつけただけで、グッチは怒るでしょう。荒れるでしょう。それはいつも、グッチがギリギリのところで生きているからです。そんなことを、グッチとつきあうなかで知りました。」

「まあ、そんなたとえかたがあるなんて……！」

二人は驚《おどろ》きの声をあげた。

「子どもたちは、いろいろなものを背負ってやってきます。グッチは、荒れるというかたちで、何かを叫《さけ》んでいるんだと思います。彼の叫びにつきあうために、こういうことをはじめたら、たくさんの子どもや親が力を貸してくれました。本当にいい校区《こうく》に勤《つと》めたな、とうれしく思います。となりの子どもも自分の子どものように育てる、それができるのがこの校区だと思います。」

「そんなふうに、考えているんですね。」

お母さんがまた深いため息をついた。三時からはじめた話し合いは、すでに三時間近くになろうとしていた。

「いろいろなことが聞けてよかったわ。これから、わたしたちにできることがあったら、言ってください。」

「ありがとうございます。毎回、木曜日にお母さん方が来てくれて、差し入れしてくれるので、ぼくたちも、それを励《はげ》みにしています。どういうんでしょう、親が何かしてくれるとものすごくうれしくて、もうすこしがんばらなきゃって、なるんですよ。」

「あら、それじゃあ何か差し入れにいかなきゃ。」

「いえ、さいそくではないんですが……うん、やっぱりさいそくかもしれませんね。」

二人は笑いながら階段を下《お》りていった。

# 12 グッチの悲しみ



教室のカーテンを閉《し》めてユニセフのビデオを見た。その最後のシーンを見ていたときだった。

「うそっ！」

だれかが声をあげた。ネパールの子どもたちが水汲《く》みをしている最後の場面だ。一人の頭の上に水がめをのせた子がアップで映《うつ》し出され、

「学校へ行きたい！」

と、叫《さけ》んで手をふった。信じられない……。子どもたちは、つぶやいた。グッチは、ゆらりと立ち上がり、アキラのところへ行った。そして、何かボソボソとささやくとまた戻って席についた。

花マル先生は気になった。アキラのそばに行って、小さな声で聞いた。

「なあなあ、グッチは、なんて言ったんか。」

「えっ、いや、あのビデオはほんとうかな、って言ってきたんや。」

「なるほど。で、アキラはなんて答えたの？」

「そうやな、学校に行きたいなんか、おかしいなあ、そう言った。」

アキラは、そのまま教えてくれた。

放課後、花マル先生はグッチに残ってもらい、これからの計画を相談することにした。

「グッチ、忙しいところをわるいね。でも、きみがビデオを見て思った感想を言ってく

れないか。」

花マル先生が遠慮《えんりょ》するような言い方をするときは、たくらみがある。

「おれは、まあ、ほんとうかなって思ったわけや。」

グッチがさりげないふうをよそおった。

「おれも。」

つづいてアキラが言うと、グッチは安心したようにうなずいたが、モモコが「へえー」と声をあげた。

「そのおどろきは、なに?」

アキラがじろっとにらんだ。

「べつに。ただ、二人は気が合うんだな、と思ったの。」

モモコがいたずらっぽい笑顔をうかべた。

「ネパールって、ほんとうに水がなくて子どもが水汲《く》みをしているのかなあ。それを確かめたいな。」

タカユキが、乗り遅れたな、という顔で言った。

「そうなんや。おれもちょっとだけ、そう思ってたんや。」

アキラのことばに、タカユキがニヤッとした。

「ちょっとだけだって。」

ガチャコが冷《ひ》やかした。

「先生、だれかいないの？」

ふいを突くように、タカユキが言った。

「なにが？」

「知り合いだよ。ネパールに友だちはいないの？」

タカユキの口調《くちょう》は意地悪《いじわる》く聞こえた。花マル先生はしばらく考えて、

「いる。」

と、短くいった。

「いるゥ……？　ムリするなよ！」

グッチが鼻で笑うように言った。

「いるよ。日本人学校の先生をしてるんだ。」

花マル先生はむきになった。こんなところが、花マル先生の子どもっぽいところだ。しかし、花マル先生の知り合いがたしかにネパールにいたのだった。花マル先生と同じ小学

校で先生をしていたが、六年ほど前に結婚して学校をやめ、ネパールへ行って日本人学校の先生をしている。

「向こうはぼくのこと覚《おぼ》えているかなあ」

花マル先生が小さくつぶやくと、

「先生、ムリしないでよ。」

モモコがそう言って、突然笑い出した。グッチも笑いころげたが、花マル先生はその山口先生のことを話してやった。子どもたちの顔がだんだん真剣《しんけん》になっていった。

「あの、どうやったら、ネパールに電話できるんですか。」

モモコがいつものよそ行きの声で、１０４番に問い合わせた。職員室の電話のまわりを子どもたちがかこんでいる。花マル先生は、学校の電話で外国までかけていいのかな、と少し小さくなった。しかし、子どもたちはそんなことは知らない。

やっと電話がネパールにつながった。向こうの電話口に山口先生が出たらしい。

「日本の大分県《おおいた》別府市《べっぷ》です。花マル先生のクラスのものです。」

モモコがていねいに自己紹介をはじめた。花マル先生は、このときもまたモモコの行動力におどろいた。こんなに思っていることを口にしたり、行動にうつすことができたら、どんなに人生たのしいだろうか、とふと思った。

「せんせい、せんせいのこと覚《おぼ》えているって」

モモコは受話器《じゅわき》を手で押さえて早口で言うと、

「あのう、じつはいま、ネパールの水について学習していて、それでネパールの水を送っていただきたいんです。」

打ち合わせたとおりのことを話したが、すぐに、「ええーっ！」と、大きな声をあげた。

「水は送れないかもって。水はナマモノだから、税関《ぜいかん》でひっかかるかもしれないって。」

タカユキが横からさっとモモコの受話器を奪《うば》い、

「そこをなんとかなりませんか！」

と頼み込んだ。ネパールの山口先生もきっと驚いたことだろう。そのあつかましさに押し切られたのか、それともタカユキの熱意が通じたのか、いろいろと話し始めたようだ。

真剣《しんけん》な顔で聞いていたタカユキが、

「はい、ファックスでも結構です。」

と明るく答えると、アキラの方を向いて小さな声で聞いた。

「アキラ、おまえのうち、ファックスの番号、なんばん？」

「ええ、おれとこ？」

アキラがあわてた。

「はやく……！」

ようやくファックス番号を伝えると、タカユキはいつものように高い声で、

「はい、ありがとうございます。」

ことばといっしょに、ふかぶかと礼をした。

「どうなったの？」

「とにかくやってみるってさ。だめなときは資料だけでも送ってくれるってさ。」

すごーい、ということばとともに拍手《はくしゅ》が起こった。

「おまえ、うまいな。」

アキラが、タカユキをほめた。

「まあな……」

鼻をピクッと動かして、

「いつも父さんが電話で言っていることをまねた。」

そして、あははは、と笑った。

「さすがは、エリート。」

グッチが皮肉《ひにく》っぽく言うと、タカユキはふてくされた。それでみんながゲラゲラと笑った。

モモコが前に出てくると、その右側にはガチャコがいた。最近の二人はいつもこうだ。

そして、目でアキラを呼んだ。

「これから、ネパールのことを調べようと思います。ネパールの子どものビデオを見て、わたしたちにできることはないかなって思ったからです。」

みんなに向かって言った。

「ヨイデース。」

子どもたちが、声をそろえた。

「何か要望《ようぼう》はありませんか。」

「ナイデース。」

また、声をそろえた。そのとき、

「おれは、反対じゃっ。」

グッチが怒鳴《どな》った。

「ど、どうしてですか。」

ガチャコが一瞬《いっしゅん》たじろいだ。

「おまえら、ヨイデースしか言えんのか。」

子どもたちはおびえた。教室の空気がスーッと冷《つめ》たくなった。突然のグッチの横着《おうちゃく》な態度に、花マル先生の頭はカーッと熱《あつ》くなった。

「おまえらは、反対する勇気もねえんか。賛成しかできんのか。なさけねえ！」

グッチはますます図に乗ってみんなをなじった。花マル先生はもうがまんできなかった。

サッと立ち上がり、まっすぐに言い返した。

「おまえこそ、反対しかできんのか。みんなと同じことをするのが恐《こわ》いんじゃないか。同じことをしている人間を軽く見るなよ。自分を押さえることのできる人間の方が、おまえのように自分を押さえきれない人間より、えらいんだぞ。」

グッチの顔がみるみる青くなった。

「なんだとォ！　おまえなんかに、なにがわかる！」

それからは、売り言葉に買い言葉だった。グッチはわざと花マル先生をあざ笑うようなことを言い、花マル先生はこれまでためていたことを全部ことばにした。

二人の激しいやり取りに、子どもたちはすっかりおびえた。

「わかった。二人でちゃんと話し合おうじゃねえか。」

花マル先生は、ようやく少し落ち着きを取り戻した。

「おう、のぞむところや。」

挑戦《ちょうせん》的にグッチは答えた。さっと立って教室を出ていく子どもたち。モモコは、出がけにチラッと心配そうに花マル先生を見た。アキラはどうしてこんな時に何も言ってこないんだ……花マル先生はひどくがっかりした。教室の窓側に机を二つくっつけ横並びにすわった。花マル先生は、グッチを見つめる目に力をこめた。

「どうしてそうやって、なんでも反対するのか。どうして、みんなといっしょのことができないのか。ヘソまがりにもほどがあるぞ。」

「なに言ってるんか。あいつら、ろくに考えなんかねえ。」

花マル先生は、グッチの言っている意味が飲み込めなかった。

「だから、それとこれと、どんな関係があるんか。」

「わかってねえな。あいつらは、考えなんかねえんや。だから賛成しよんのや。わからんかなあ。」

グッチは、つばを飛ばしながら言った。花マル先生はつばをよけながら、もう一度グッチの言っていることを心の中でくりかえした。あいつらは考えなんかない……あいつらは深く考えたことがない……だからなんでも賛成する……そして気楽《きらく》に生きている……ようやくグッチが言おうとしていたことがわかった。

「そういうことか……」

花マル先生は大きく深呼吸《しんこきゅう》をして、ズバッと聞いた。

「また家で何かあったんか。」

グッチは驚いたように花マル先生を見た。花マル先生は、もう一度グッチを見つめ、今度はゆっくりと言った。

「家でおもしろくないことがあったんやろ?」

「言ってもしょうがねえ。」

グッチが暗い顔をした。

「言ってもしょうがないて思うまでに、ずいぶん苦しんだやろ。」

花マル先生は思わずそう言ったあとに、われながらいいことを言うなあ……と妙《みょう》に冷《れい》静《せい》になった。

「本当は、親に言いたいことがあるんやろ。それをどうして親にぶつけないのか。」

「ぶつけたってしょうがない。恨《うら》んだってしょうがないんや。」

「しかし、恨《うら》んだってしょうがないって思うまでに、ずいぶん苦しんだやろ。」

花マル先生の推理《すいり》は、グッチの悩みの核心《かくしん》をついているようだ。花マル先生はさっきと同じ言い方をした。

「小学校三年のころ聞いてみたんや。どうして別《わか》れたんかって。そしたら、嫌《きら》いだから別《わか》れたって言いよった。はじめは好きやったけど、しょうがねえんや。」

「でも、なぜ親を恨《うら》もうとせんの。ほんとうは親に甘えたいんやろ。けど、母さんが病気がちだから、甘えたらいかん、そう自分に言い聞かせてるんやないか。」

「オレ、父さんといっしょにいたかった。でも小三のとき、母さんがこっちに来《こ》んかって言うから、まあどっちでもいいかって決めたんや。もう決めたことやけどなあ……オレが母さんをひとり占《じ》めにして、兄貴《あにき》にさびしい思いをさせたんや。兄貴もいっしょに暮らせるほど金《かね》がなかったんや。」

「……そうやったなあ。」

「そうや、母さんは病気がちやけん、金《かね》がねえんや。父さんは働いてるからいいけどな。その父さんにも、いい人ができて、突然連《つ》れてこられて、この人を母さんと呼べ、そんなことできるか。」

グッチの口ぶりはさっきとガラッと変わって弱々しく、目にはうっすらと涙さえ浮かべている。グッチはつづけた。

「でもなあ、最初は、父さんが結婚してくれ、大事にするからて言ったけん、結婚したんや。それができんかった。」

「なんで、できんかったんか?」

「いや、できんかった。ほら、いろいろあるやろ。大事にしようと思ったけど、できんかった。世の中ってそんなものやろ……」

「世の中ってそういうものか?」

花マル先生はグッチの言葉に引き込まれ、思わず聞き返しながら、こんな大人《おとな》と子どもの会話があるのかな、と不思議《ふしぎ》な気持ちがした。

「世の中ってそんなものやろ。」

どっちが大人かわからないな、あっけにとられた花マル先生に、グッチはダメを押すよ

うに言った。そして、

「聞いてみたけど、しょうがねえんや。」

グッチは自分を納得《なっとく》させるようにポツンとつぶやいた。もしかして、グッチの方が人生を知っているのではないだろうか。花マル先生は、こんなとき何を言えばいいのかと、ことばをさがした。

「そうだな、おまえの方が人生を知っているのかもしれんな。先生が、グッチのためにって言っても、かっこだけや。力には、なれん。でもな、おまえといっしょに悩むことはできるぞ。いっしょに揺《ゆ》れることはできるからな。せめて、いっしょに揺れような。」

グッチは、窓の外の校庭の方を見た。校庭の東のはしに大きなくすのきが立っている。風がビューンと吹いて、枝がワサワサと揺れた。グッチは少しの間、そのくすのきの方を見ていたが、静かに立ちあがり、「ほんじゃ、オレは帰る。」カバンを肩にかけた。花マル先生は二、三度、深いため息をついた。

グッチはゆっくりと教室のうしろの出口へ歩いていった。が、戸を開けたとたん、

「アラララ……」

戸の向こうにアキラたちがいた。グッチは帽子《ぼうし》を深くかぶりなおし、歩いていった。

「せんせい……」

アキラたちが駆《か》け寄ってきた。

「おれ、はじめてグッチのことを知った。」

アキラは顔を赤くしていた。

「うん……」

花マル先生は小さくうなずいた。

「グッチが自分のことを話したのははじめてです。」

タカユキも緊張した口調《くちょう》で言った。

「うん……」

花マル先生はうなずきながら、けんめいに涙をこらえた。

「なんとなく知っていたけど、くわしくは知らなかった。グッチは、口ではああ言っても、ぜったいに親を恨《うら》んでいる。心の奥では、淋《さび》しい思いをしているにちがいないわ。」

唇《くちびる》をきつくかんだモモコを、ガチャコが心配そうに見つめた。花マル先生は、ガチャコも自分と同じことを感じたな、と思った。モモコが両親の離婚のことを話したのは、先月のことだ。

「あのさ、グッチはときどき自転車で湯布院《ゆふいん》まで兄貴《あにき》に会いに行ってるんだけど、その自転車を盗《ぬす》まれた。それもあって、きっとイライラしているんじゃないかな。」

いくぶん冷静になったアキラが言った。そうだったのか、それもさっきの爆発の一因《いちいん》だったかもしれないな、と花マル先生は納得《なっとく》した。

「そうです。先生、グッチにはぜったい自転車がいるよ。なんとかなりませんか。」

タカユキが思いつめた顔で言った。

「そうだなあ……」

花マル先生は腕を組んだ。グッチのことを見守っている先生やお母さんたちに話せば、自転車を買うお金《かね》くらいはかんたんに集まるだろう。しかし、それでいいだろうか。いまグッチに必要なのは、自分の力で生きてゆける力を身につけることだ。

「アルバイトをして自転車を買うのはどう？」

「アルバイトですか？」

タカユキが間《ま》の抜けた声で聞き返すと、モモコたちがクスクスと笑った。

「新聞配達のアルバイトは、どうかな。けっこうお金になると思うよ。」

花マル先生は、子どものころ新聞配達をしていたことを思い出して言った。これなら、時間の大切さもわかるし、何よりも自分でお金をかせぐ喜びも知るにちがいない。

「だけど先生、小学生がアルバイトをしていいんですか。」

アキラが心配そうに聞いた。

「そこだよなあ……」

花マル先生がまた腕組みをすると、タカユキがまねた。その動作《どうさ》がおかしくて、またモモコが笑った。

「そうだ、とにかく校長先生に頼みに行こう。」

花マル先生はタカユキの背中をドスンとたたくと、サッと立ち上がった。

「すごい、先生！　燃えてるね。」

ガチャコが言った。

「燃えてるねじゃないよ。さあ行くよ。」

「え、どこへ？」

「校長室だよ。決まってるじゃないか。みんなで行くんだよ。」

「みんなで、ですか？」

タカユキが、チラッと時計を見た。

# 13 グッチの新聞配達

「先生、五時にアキラのうちだよ。」

タカユキが、遅れないでね、といわんばかりの声を出した。今日《きょう》はアキラの家に集まって、それからグッチのアルバイト先に申し込みに行く日だ。花マル先生がアキラの家につくと、グッチもタカユキもすでに来ていた。

「遅い、遅い。」

タカユキがにらんだ。

「そう言わないでよ。会議が長引《ながび》いたんだよ。いいよな、子どもは会議がなくて。」

「なに言ってんの。そのぶん、大人《おとな》にはお金《かね》があるくせに。子どもには、もっとおもしろくない塾《じゅく》というものがあるんですよ……」

タカユキがブツブツ言いはじめると、グッチが横目でにらんだ。花マル先生はかまわず歩きはじめた。三人があわててその後を追いかけた。

新聞配達店は、商店街《がい》のはずれにある。ガラス戸《ど》の中に人影《ひとかげ》はなかった。

「さあ、店に入ろうか。」

花マル先生はそう言うと、アキラを一番に入れて自分は最後に入《はい》った。

「ごめんください。だれかいませんか。」

しばらくして、タオルを首に巻いたおじさんが奥から出てきた。

「あのう、別府《べっぷ》小学校の荒井グッチです。新聞配達をしたいんですが、アキがありませんか。」

アキラが、かしこまって言った。

「ええっと、きみがしたいの?」

おじさんが、グルッと見わたした。

「いいえ、ぼくのうしろにいるグッチです。」

「グッチって、どの子?」

いぶかしそうに見る。

「この人です。夕刊《ゆうかん》配達をしたいと思ってます。」

「この人って、どっち？」

「ああ、おれじゃ。」

グッチが、からだを少し斜《なな》めに構《かま》えて言った。

「ああ、きみ。でもほんとうにやる気あるの？　見かけほど楽《らく》じゃないよ。」

「ああ、まあ、そりゃ……」

「ああじゃない、はい、だろう。」

花マル先生が、うしろからおしりをたたいた。

「担任の花マルです。校長先生からお聞きになったと思いますが、学校も認めていますので、よろしくお願いします。」

「ああ、ああ、あの電話の。そういうことでしたら、ひとつアキがあるので、明日からでも覚《おぼ》えてもらいましょうか。四時にここに来てもらえればいい。それでいいかな。」

おじさんは、にこりともしなかった。

「ああ……」

グッチは、うなるような声をあげた。

店を出ると、そこに思いがけずグッチの母さんが立っていた。帽子《ぼうし》を深くかぶり、長い白い手ぶくろをしている。

「あら、こんなところで、なにしているの。」

グッチの母さんは、キッとにらむような目をした。グッチは、あっと声をあげそうになったのをこらえた。タカユキがアキラにそっと聞いた。

「だれ？」

「しぃ、グッチの母さんや。」

グッチの母さんは、店の看板《かんばん》に目をやった。

「新聞配達の申し込みをしてきたんや。」

聞かれるより先にグッチが早口で言った。

「どうして？」

母さんの声が、一段と高くなった。

「どうして、そんなことができるの。母さんは、あんたの代わりはできないのよ。いまだって、朝も遅刻ばかり。そんなことで新聞配達ができるわけないじゃない。」

母さんの血相《けっそう》が変わっている。

「朝じゃねえ。夕刊《ゆうかん》や。」

グッチはうんざりした顔をして言うと背中を向けたが、母さんはそれでも激しくまくしたてた。

「夕刊だって、配達できるの？　雨が降ったからって、お休みなんかできないのよ。怠《なま》けることはできないのよ。うちは、よそのうちとはちがうのよ。毎日、同じ時間に帰ってきて、配達に行くことができるの？　母さんは、あんたの代わりはできないのよ。」

聞いているタカユキが、いいかげんにしろ、というように顔をしかめた。花マル先生も、どこかで入《はい》らなければ……と思っていたが、なかなか母さんの勢いを止められない。

「ウ・ル・セ・エ。」

吐《は》き捨てるように、グッチが言った。こぶしをにぎりしめ、小刻《こきざ》みにふるわせている。ほうっておいたら、グッチはまた飛び出していってしまうだろう。アキラが、早く先生、という顔をした。ここで期待を裏切るわけにはいかない。花マル先生は、一歩前に出た。

「いいですか、お母さん。グッチは、自分で働いてお金をかせごうと目標を立てたんです。そのやる気を信じましょうよ。」

「でも、先生、いくら信じても、結果はわかっています。学校だって遅刻ばかり、帰るのが遅くなったら、だれが困ると思っているの。迷惑をかけるだけです。」

そういうふうに言えば言うほど、グッチの心をいらだたせることに、母さんは気づいていない。

「お母さんの心配も、よくわかります。でもね、考えてみてください。グッチが休まずに学校に来ているのは、だれのおかげですか。クラスの子どもたちや校長先生やツル田さんや学校の職員みんながグッチのことを考えて、応援しているからではありませんか。でもね、中学に行ったらどうなりますか。うまくいくという保証《ほしょう》はありませんよ。ぼくはここで、グッチに自分で働くことを知ってもらい、親を頼らずにできることを増《ふ》やしていき、自分に自信を持ってほしいと願っています。それは、学校の職員みんなの希望です。」

「ハア、そこまで言われると……たしかに感謝しています。」

母親はうなずいたが、ほんとうに納得《なっとく》しているようには見えない。しかし、花マル先生は少し考えて、きっぱりと打ち切るように言った。

「そうでしょう。ありがとうございます。なら、ぼくたちを信じてもらえませんか。大切なのは、グッチがしっかりすることです。ここはひとつグッチのやる気を信じてみましょうよ。」

グッチの母さんは花マル先生をチラッと見て、ふっと視線をそらしてひとりごとのようにつぶやいた。

「先生がそこまで言うのなら、わかりました。」

花マル先生はホッとした。タカユキとアキラが、大きくため息をついた。グッチだけが恐《こわ》い顔をしていた。

# 14 悲しい母親

朝、吐《は》く息が白くなった。体育館の裏には霜柱《しもばしら》が立ち、子どもたちがそれを踏《ふ》もうと集まってきた。グッチが夕刊《ゆうかん》配達をはじめてから一カ月が過ぎ、街《まち》にはクリスマスの歌が流れ出している。

その日、空はどんよりと曇《くも》っていた。グッチが、朝から荒れた。

「うるせえな！」

ひたいにしわを寄せ、うなるように叫ぶ。その声に子どもたちがビクンとした。

「やめろよ。歌なんかつまんねえ。」

朝の会が止まった。いつもとちがうグッチの様子《ようす》に、子どもたちが凍《こお》りついた。

「ばかばかしい。」

グッチは、くりかえした。

「どうしたんだ、グッチ。」

花マル先生の声が固くなった。

「ウルセー！」

すぐさまグッチの鋭い声が返ってきた。

「また、なにか家であったんか？」

花マル先生は、近づこうとした。

「ウルセー、かってにオレの心の中に入ってくるな。」

大きくはないが、ぞっとするような憎しみがこもっている。その冷《つめ》たさが、花マル先生の冷静さを失わせた。

「もう一回、言ってみろ!」

花マル先生は、低い声で言った。

「おう、何回でも言っちゃん。」

グッチは繰り返した。

「おまえ、いいかげんにしとけよ。」

花マル先生も冷《つめ》たく突き放すように言った。たちまちグッチの顔色が変わった。

「ああ、こんなところいたくねえ。帰りてえ。」

椅子《いす》をガタガタゆらした。花マル先生の頭の中がごちゃごちゃになった。

「出ていけー!」

ついに花マル先生が叫《さけ》んだ。一瞬《いっしゅん》、教室の中が真空《しんくう》になった。グッチがまっすぐ顔をあげた。

「おう、出ていっちゃん。出ていって困るのは、アンタで。」

花マル先生を脅《おど》すような目をした。グッチは、ゆっくりと立ち上がり、カバンを持ち、肩をゆらしてうしろの出口の方へ歩いていった。

〈……しまった……〉

花マル先生は、くやんだ。しかし、一度吐《は》きだした言葉は取り戻せない。

〈どうしよう……〉

戻ってきてほしい。しかしいまさら、ごめんね、とは言えない。花マル先生は、とっさに言葉を投げかけた。

「また、弱い自分に負けて帰るんか。」

グッチがふりかえった。

〈戻ってきてくれるかな〉

息を止め、グッチのことばを待った。

「帰るんじゃねえ、出なおすだけじゃ。」

ゆがんだ顔で言うと、廊下《ろうか》に出てゆっくり歩いた。ガラス窓ごしの黒い影を花マル先生はじっと追った。グッチが立ち止まった。そして、前の戸を開《あ》けるなり、怒鳴《どな》った。

「いいか、絶対に追ってくるなよ！」

力いっぱい叫ぶと、
ガシャーン！

思いっきり閉《し》めた。

〈追いかけてきて、という暗示《あんじ》なんだろうか……〉

花マル先生は、半分泣いているような顔をしていた。

〈どうしてあんなやりとりになったのかな。本心はそうじゃないのに……〉

「あっ、グッチや。」

アキラが、窓の外を見て立ち上がった。その視線の向こうに、校庭の真ん中をゆっくり歩いていくグッチの姿があった。

「あれは、グッチの家とは反対方向やな。」

タカユキのことばが花マル先生の胸を刺《さ》した。まだ、九時だ。どの教室からも、グッチの姿は見える。

〈ほかの先生たちからも、いろいろ言われるんだろうなあ……〉

空をおおっていた雲の切れ目から、ひとすじの光が差し込んで、ちょうどグッチの歩いているあたりを照らした。

「これからゲーセンにいくのかな。」

花マル先生は、弱々しくつぶやいた。

「それはないよ。」

アキラがそくざに否定した。

〈ええっ……ほんとうに⁉〉

花マル先生には、アキラのことばがまるで神の声に聞こえた。

「グッチは、ゲーセンには行かないよ。」

アキラがもう一度、きっぱりと言い切った。

「きみたちは、そこまでわかりあう友だちになったんか。」

アキラのことばに花マル先生はホッとしながらも、胸の中はまだ固く凍《こお》りついている。

ただ、グラウンドを横切っていくグッチの姿をじっと目で追いかけていた。

「いや、グッチはこの間、ゲーセンのゲーム機をこわして、出入りを禁止されている。

だから、ゲーセンには行かないよ。」

アキラがまた、何でもないように言った。

〈ええっ、それって、いいことなんか！〉

花マル先生は、心の中で絶叫《ぜっきょう》した。

「グッチの母さんから電話がありましてね、うちに帰ってるそうです。放課後にでも行ってみてください。」

昼休み、校長先生がやってきて、そっと教えてくれた。

放課後、後かたづけをすませると、花マル先生は学校を出てグッチのうちへ向かった。

しかし胸の中は鉛《なまり》を呑《の》んだように重く、足取《あしど》りも重い。

ふと思いついて、花マル先生はときどき入るうどん屋の敷居《しきい》をまたいだ。

「いらしゃいませ！」

中はカウンターにテーブルが二つだけのこじんまりした店だ。店の名前を「有田《ありた》」といった。ここのうどんは、すべて有田焼《ありたやき》のうつわで出される。うどんもおいしいが、うつわもなかなかのものだった。まだ夕食どきには早いので、客はカウンターに一人いるだけだ。

花マル先生はテーブルに腰を下《お》ろした。

「おまちどうさま！」

カウンターの客の前に湯気《ゆげ》のたっているうどんを置くと、

「花ちゃん、なんにしますか？」

有田のおばちゃんが、声をかけた。

「ああ、えっと、ざるうどんと、おにぎり。」

注文をしたあと花マル先生は、グッチのうちへ行って、母親にどう話そうか、考えた。いつも、困った時はここに来る。おとどし、ネコを七匹も飼《か》っているアシベを受け持ったとき、花マル先生はやっぱりここへ来て考えた。

「また、子どものことで悩み？　あとで相談に乗ってあげるわよ。」

うどんをはこんできた有田のおばちゃんが、パシッと花マル先生の肩をたたいた。有田のおばちゃんは民生委員《みんせいいいん》をしている。この街《まち》のおふくろさんのような人だった。


冬の夕暮れは早い。有田のおばちゃんと話し込んで店を出ると、街はもう暮れかけていた。花マル先生はまっすぐグッチのうちへ向かった。北風がピューと吹いて、木《こ》の葉を散らす。背中を丸めて、花マル先生は道を急いだ。

ピンポーン。

「どうぞー。」

奥から少しかすれた声が聞こえた。花マル先生はドアを開《あ》けた。

「こんにちは。」

「どうぞ、あがってください。」

グッチの母さんは、突き当たりのキッチンの椅子《いす》にすわってタバコを吸っていた。花マル先生は、そこまで行って、もう一つの椅子に腰を下《お》ろした。母親は、そんな花マル先生をじっと見つめた。

「すみません。今日《きょう》はぼくの言い方が悪くて、グッチを傷つけてしまいました。

花マル先生は頭をさげた。手のひらに汗がにじんでいるのがわかる。母親は、タバコの火を消した。

「いいのよ、気にしなくて。」

〈気にしなくていい？〉

「いままでの先生も、そうやってあやまりに来ました。三年のときも四年のときも、五年のときの先生もね。いつものことです。先生にだって、間違《まちが》うことがありますよ。気にしなくていいんです。」

無遠慮《ぶえんりょ》にズケズケ言うその言い方に、花マル先生はムッとした。

「たしか、四年の時の先生でしたか、この部屋《へや》に来て、ヤスオに手をついて、学校に戻ってくれってあやまったことがありました。あの子はすぐにカーッとなって学校を飛び出して、困らせるんです。先生たちは、子どもが学校に行かないと困るんでしょう。」

また、タバコに火をつけようとした。花マル先生のからだが一瞬《いっしゅん》ふるえて、何かがからだの奥で燃えた。

「あのね、おかあさん。」

そう言って、大きく息をすって、静かにスーッとはいた。ふすまがカタッと揺《ゆ》れる。そうか、グッチがとなりの部屋で息をひそめて聞いているのか……。

「ぼくは、今日《きょう》の対応《たいおう》のまずさをあやまりに来ました。でも、どうしてグッチが学校を抜けようとするか、わかりますか。」

「それは、先生の対応がわるいからじゃ……」

母親は、言いかけて口をつぐんだ。

「いいえ、ちがいます。グッチは、苦しんでいるんです。」

花マル先生はズバリと言って、まっすぐに母親を見た。母親のタバコをもつ手が小さくふるえている。

「いいですか、お母さん。グッチは、お母さんに甘えたいんです。でも、お母さんが病気がちだから、甘えることはできないと、自分で自分をしばっています。それがときどきたまっては、お母さんに向けることができずに、学校で友だちや教師に反抗するというかたちで吐《は》き出しているんです。でもほんとうに言いたい相手は、親です。あなたです。」

母親は、そんな……という顔をしたが、何も言わなかった。

「湯布院《ゆふいん》に、グッチのお兄さんがいるんでしょ?」

「ええ、こんど高校になります。」

母親はそれだけ言うと、またタバコに火をつけた。

「そのお兄さんを引き取ることはできませんか。」

花マル先生は、ずうっと前から考えていたことを口にした。

「でも……そんなお金《かね》がありません。」

母親は横を向いて、けむりを吐いた。花マル先生は、これ以上踏《ふ》み込んでいいものか、すこし迷った。そして黙ってあたりを見まわした。狭いキッチンに、電灯《でんとう》がひとつ。小さな流しに、たったふたつの茶碗《ちゃわん》。おなべがふたつにフライパンがひとつ。流しにおいてある洗剤《せんざい》の箱が、妙《みょう》に大きく見える。ここで、ふたりは暮らしている。そう思うと、花マル先生は胸が苦しくなって、目に涙がにじんでくるのがわかった。

母親の首筋の薄く青白い肌《はだ》が、このほの暗い部屋では不気味《ぶきみ》に感じられる。しばらくのあいだ、沈黙が流れた。母親は、クスンと咳払《せきばら》いをひとつして、お茶をいれるために立った。水道をひねってやかんに水を入れる。やかんをかけ、ガスに火をつける。母親がすわると、またふたりは向かい合った。

「父親とも相談して……」

母親が言いかけたとき、またコトンとふすまが揺《ゆ》れた。となりの部屋には、灯《あか》りもついていない。どんな思いで、グッチは大人《おとな》の話を聞いているのだろう。想像すると胸がいっぱいになった。

花マル先生はまた深く息を吸い、すこしのあいだ目を閉《と》じた。

〈ここは、グッチのかわりに言わせてもらおう〉

花マル先生は、目をあけるとまっすぐに切り出した。

「お母さん、お父さんと相談するのは大切なことです。それもいいでしょう。でも、お母さんの気持ちは、どうなんですか。」

こんな言い方は酷《こく》かもしれない、という気はした。しかし、この点をはっきりさせなくては、話はすすまない。

「でも、いまだってヤスオとふたりで暮らしていくのがやっとで、兄の高校の学費なんて、とてもとても……」

母親は弱々しい声で言うと、首をふった。花マル先生は、一つひとつ言葉を確かめながら話しはじめた。

「お母さん、どうしてそんなときに、うそでもいいから、親子三人で肩寄せ合って暮らそうね、お金《かね》はないけど、三人で肩寄せ合って仲よく暮らそうねって言えないんですか。グッチは、三年のときに自分ひとりだけお母さんに引き取られたことを悔《く》やんでいます。兄貴《あにき》もいっしょに暮らしたかったろうに、お母さんがどちらかひとりだけなら引き取れると言ったそうじゃありませんか。」

「…………」

ふすまがまた、カタカタと動いた。母親はじっと目を落としたままピクリともしなかった。

「いいですか。あのときグッチは自分だけが引き取られたせいで、兄貴《あにき》は湯布院《ゆふいん》に残されさびしい思いをしたにちがいない、お兄さんにすまないと思っているんです。それがずうっと、トゲのように心に刺《さ》さっているんです。お母さんも、そりゃ一生懸命に暮らしているでしょう。それをグッチは知っているから、お母さんにあたることもできない。だけどそのトゲが、ときどきうずいて、今日《きょう》のようなかたちで爆発するんです。どうですか、お兄さんが高校に入《はい》るのを機会に、引き取ってもらえませんか。」

母親が、伏《ふ》せていた顔をあげた。その目から、スーッとひとすじ涙が流れた。花マル先生は、つづけた。

「民生委員の有田《ありた》さんに聞いてきました。お兄ちゃんが高校に行った場合、三人で暮らしていけるのかどうか。そしたら、学資《がくし》の心配はしなくていいそうです。そりゃ、十分とはいえませんが、三人が暮らしていくのに必要なお金は出るそうです。心配でしたら、有田さんを紹介します。ぼくも、校長先生も、力になりたいと思います。だから、なんとか考えてください。」

母親はうしろを向き、ハンカチで涙をぬぐった。

「あのね、先生……」

向きなおり、そう言いかけてまた涙をぬぐった。

「わたしだって、幸せになりたいんです。親子三人で暮らして、いっしょに夕飯《ゆうはん》を食《た》べながら、今日《きょう》はこんなことがあったよ、なんて会話をかわす家庭をどんなに夢みたことか。それでせめて、ヤスオだけでも引き取っていっしょに暮らそうと思ったんです。でも、わたしは病院がよい。ヤスオはゲーセンにかよい、問題を起こす連続です。もう、どうしていいのかわからない。ヤスオを追えば追うほど逃げていく。どう接していいのか、どう愛していいのか、わからない……」

母親は両手で顔をおおい、肩をふるわせて泣いた。

# 15 「水の学習」討論会

討論会《とうろんかい》の日をあしたにひかえ、アキラがやってきた。

「おれは、日本がネパールにどんな援助をしているか、医師会に調べに行ってみたんや。そしたら、日本の医師会から二人の医師を派遣《はけん》していた。だけど、どうなんやろか。国としては、ほかにどんなことをしているのか知りたいんだけど、どこに聞いたらいいのかなあ。」

花マル先生は、少し考えた。そして、アキラにこっちに来《こ》いよと言うように手で合図《あいず》した。二人が並んで廊下《ろうか》を歩いていると、タカユキがやってきた。

「また、きみですか。」

花マル先生が軽く笑った。

「そういうことです。」

タカユキが大きく笑った。

職員室につくと、花マル先生は電話帳《ちょう》をアキラに渡し、

「外務省《がいむしょう》に聞いてみようか。」

と、言った。

「えっ、あの外務省？」

アキラが、目を丸くして電話帳を受け取った。しばらくして、アキラは緊張して受話器《じゅわき》を取った。

「ええっと、別府《べっぷ》市の別府小学校の一《ひと》ツ橋《ばし》アキラと申します。いま学校でネパールのことを調べているんですが、日本はネパールにどんな援助をしているんでしょうか。」

「そういうことでしたら、担当《たんとう》の部署《ぶしょ》に電話を回《まわ》しますね。」

最初の返事だけはよかったが、あとは次から次へと課《か》をまわされた。

「いったいいつになったら、担当の課にたどりつくんですか?」

タカユキがあきれた顔をして花マル先生を見た。もう三十分はたっていた。

「外務省って、とてつもなく大きくて広いんだろうね。」

花マル先生も少し立ち疲れて、椅子《いす》に腰を下《お》ろした。

「先生、あとで資料を送ってくれるって言うんだけど、連絡先《れんらくさき》はどうしよう……」

アキラが、受話器を押さえて泣きついてきた。

「おまえの家に決まってるやろ。」

花マル先生は、つっけんどんに答えた。

「五カ所もまわされて、最後がファックスで資料をお送りしましょうだよ。そりゃあないよ……」

電話を切るとアキラが、ブツブツ言った。

いよいよ討論会《とうろんかい》の時を迎えた。モモコが前に出てきて、

「日本は、ネパールに十分な援助《えんじょ》をしているのか、これが討論のテーマです。」

と、明るい声で言った。

「日本は十分な援助をしている。国として一年間に三十億《おく》円も寄付《きふ》をしています。そのうえ民間《みんかん》からも、もっとたくさんの資金の提供《ていきょう》や技術の協力をしています。おかげでネパールの人も、水を飲めるようになりました。」

タカユキがはりきって発言した。

「たしかにそうだよな。きのう学校から帰ったら、外務省から資料のファックスが届《とど》いていたよ。」

「ええっ、ガイムショウ?」

だれかがつぶやいた。

「そう、よくテレビに出てくる外務省に、きのう電話で資料を送ってくれるように頼んだんだ。そうしたら、家に帰ったらファックスのロール紙で十メートルくらいの長い資料が届《とど》いてた。」

「へえ、十メートルも?」

だれかがおどけるように言ったが、アキラはまじめにうなずいてつづけた。

「で、そこには、新たな時代のODA(政府開発援助)をめざしてというのがあって、橋の架《か》けかえや上水道《じょうすいどう》の計画などに約七十五億円。そのための技術者の派遣《はけん》に約三十三億円もかけてる。合わせて百八億円です。これはすごいことだと思う。でもね、ほんとうにこれでいいのかな。もっとできるんじゃないのかな。」

アキラが、ファックスの紙のたばをもとにタカユキにいどんだ。

「さあ、どちらの立場を、みなさんは取りますか。」

花マル先生が、いそいそとみんなに問いかけた。

「わたしは、タカユキ君の考えと同じなんです。三十億円ですよ。これは、すごい額《がく》です。その上、いろんな形で協力しているなら、それでいいじゃないですか。」

ガチャコが、早口でいった。

「でもね、アキラの説明にあった額《がく》を合計しても、日本人一人あたり九十円にしかならないんです。九十円というのは、ほら、わたしたちでいえば、ときどき飲むジュースの値段より安いじゃない。それをもっと増《ふ》やせば、安全な水を飲むことができる人ももっと増《ふ》えるのよ。」

モモコが、ほおをピンク色にして言った。それに対しクーコが反論した。

「一人九十円がたいしたことがないって言うけど、その九十円を出したことがあるんですか。わたしたちは、デパートを見て歩きました。デパートには、レジの横に募金箱《ぼきんばこ》があって、おつりを一円入れてくれるように書いていました。でもね、その一円を出す人って、十人に一人もいないんですよ。あなたたちは、寄付《きふ》をしたことがありますか。」

モモコたちは一瞬《いっしゅん》あっけにとられ、それから苦笑《にが》いした。

「年間で、一人二百二十円あれば、世界中の人々が安全な水を飲むことができます。そのために、もうちょっと援助をしたらどうか、と言っているんだ。」

男子のだれかが言った。タカユキが立った。

「ぼくも、それはわかっているけど、ネパールだって、一つの国なんだから、いつまでもよその国の援助に頼らずに、努力したらいいと思います。」

言いながら、タカユキは机をバーンとたたいた。モモコが負けずに反論する。

「あのさ、ユニセフに電話して聞いてわかったんだけど、日本もむかし戦争に負けたあとに、ユニセフから六十五億円もの援助をしてもらったそうです。困った時はお互いさまじゃないですか。」

モモコのほおはさらに赤くなっている。タカユキがふたたび立った。

「ぼくが言っていることは、三十億円にしても百何億円にしてもすごい額《がく》だから、有効《ゆうこう》に使ってほしいということです。父さんから聞いたんだけど、大学卒の男性が一生働いて得《え》る生涯《しょうがい》賃金が、二億円だそうです。それからしたら、この額《がく》はとてつもない金額です。しかも、それを毎年ですよ。だから、それを当てにしないで、自分で生きていくことを、ネパールには考えてもらいたい。」

タカユキの発言に、すげーな、というため息と、そこまで興奮《こうふん》するなよ、というため息がまじった。

アキラが立ち、タカユキの方に一枚の図を見せながら発言した。

「そこなんだけど、市立図書館で調べた時に見つけたこの絵を見てください。世界中の開発途上《とじょう》国の子どもを救うには、三千五百億円あれば十分だそうです。ところが、ヨーロッパ諸国の軍事費は十日間で二千七百億円だそうです。日本の企業も年間に二百五十億円もの交際費《こうさいひ》を使っています。交際費というのは、飲み食いに使うお金のことです。お金の使い方を変えれば、世界中の子どもたちを救うことができます。」

アキラは、商工会議所にいって資料を集め、図にまとめていた。その図を使ってけんめいに説明した。しかし、すぐにタカユキが立った。

「でも、いくらお金をあげたって、ムダに使ったらしようがないじゃないですか。どんなにたくさんのお金でも考えなく使ったらすぐになくなってしまうし、少しは自分で努力してほしいです。」

ムキになって反論するタカユキに、みんなは、またか、という顔をした。

ここで、花マル先生が口をはさんだ。

「三十億円にしても、百八億円にしても、それを多いと見るか少ないと見るか、いまのタカユキとアキラの意見に代表されているんだね。今回はネパールの問題にしぼって取り上げているけど、このネパールのように開発途上《とじょう》にある国々のことを第三世界といいます。アジアやアフリカの、多くはかつて植民地《しょくみんち》支配の下《もと》で苦しめられた国々です。世界はいま、こうした貧しい国々と、先に工業化を果《は》たした豊かな国々とでなりたっています。今日《きょう》の討論会には、ネパールを通して第三世界のことについて考えるという意味も含まれています。そのことも頭に入れて、こんどは別の視点から考えてみたいと思うんだけど、どうかな。」

すると、すぐに女の子が手をあげて立った。

「お金のこともあるけど、ほかに日本からはネパールに三百四十七人も派遣《はけん》しているんだそうです。そして、井戸の掘り方や、手押しポンプの作り方を教えているそうです。よくやっていると思います。」

つづいて別の女の子が手をあげた。

「わたしはネパールの大使館に手紙を出して、どんなことがしてほしいのか聞いてみました。そしたら、こんな手紙が来たんです。」

そう言って、大使館からの返事を読みはじめた。


前略、お手紙をいただきありがとうございます。さっそく質問にお答えさせていただきます。
1　わたしたちは、人間が生活していくためには、水という条件のほかにも、食べるものが必要になります。ネパールやインドの南部など貧しい国の人々は、自分たち自身で食物を作り、生きていかなくてはなりません。
水辺に近いところに畑に適した広い場所があれば、その場所に移り住むことでしょう。しかし、ネパールのような平地の少ない国では、そのような恵まれた場所は、かなり少ないのです。

2　水を求めて旅をする人々は、水だけでなく、羊やヤギの食べ物、草などが必要です。彼らは、一カ所の草を羊やヤギが食べ尽くすと、また別の草原地帯を求めて旅を続けるのです。こうして育った羊やヤギを食べたり、どこかでお金にかえて生活しています。

わたしたちの生活に必要なものは、水と食糧の両方が必要ということが理解してもらえたでしょうか。

読み終えると、ガチャコが、すわったままで言った。

「そうか、水だけがあればいいかというと、そうじゃない。生活のために必要なものは、水だけじゃないんだ。だったら、ネパールの人たちはお金を計画的に使って、工場とか働けるところをつくれば、場所を変えて動かなくていいんじゃないの。」

ガチャコの発言に、タカユキが大きな拍手《はくしゅ》を送る。今日のタカユキは完全に興奮《こうふん》状態だ。

ガチャコが小さく、もう……とつぶやいた。

そのとき、グッチがだるそうに立ち上がると、

「ああ、ちょっとこれ……」

新聞の切り抜きをもって花マル先生のところに出てきた。

「これがどうしたんか？」

花マル先生が、その新聞の切り抜きをまじまじと見た。

「ああ、これ、みんなの分コピーしてきて。」

グッチのことばに、花マル先生はあっけに取られた。

〈教師をなんだと思ってるのか……〉

「せんせい！」

モモコの声に、花マル先生はハタと気を取り戻して、階段を下《お》りていった。階段を下りながら、〈これって、パシリ？〉花マル先生の頭の中に、そんなことがよぎった。

「さあ、コピーしてきたよ。これをどうするの。」

「ああ、ちょっと、みんな取りにきて。」

だれもが不思議な顔をして、グッチからコピーを受け取っていった。

「それでグッチ、これがどうしたんか？」

タカユキが、まっさきに聞いた。

「ああ、こんなこともしているんや。」

グッチが落ち着いた声で答えたが、わけがわからない。新聞には「悲劇《ひげき》のルワンダ」と書いてあり、黒柳徹子《くろやなぎてつこ》さんが、アフリカのルワンダを訪《おとず》れ、子どもたちと交流している様子《ようす》を、写真入りで大きく取り上げていた。

「どういう意味なんか？」

花マル先生が聞いた。しかしグッチは、手を軽く横にふると自分の席に戻っていった。

「アキラ、おまえなら、グッチの言いたいことがわかるんじゃないのか。」

花マル先生がアキラに聞いた。

「ああ、だいたいな……。」

アキラはチラッとグッチを見て、静かに前にやってきた。

「グッチは、相手が何をしてほしいか、それを知るためにこんなことをしている、実際に現地に行って、現地の人の声を聞くことも大切だって、そう言いたいんじゃないかな。」

グッチが、アキラの方を向いてニヤッとした。アキラが、ほおをゆるめた。

花マル先生は二人のその様子《ようす》に満足した。

キンコン　カンコーン！

そのとき、チャイムが鳴った。

「勝った！　勝った！　勝った！」

タカユキが、両手を突き上げた。

「勝った！　アキラの考えを崩《くず》した！」

みんながびっくりした顔でタカユキを見る。

「なんか、それは？」

アキラが、ジロッとにらんだ。

「アキラの考えに最後まで負けなかった。ぼくの勝ちです。」

タカユキは鼻の穴をいっぱいにふくらませた。グッチが、タカユキの前にスーッとやってきて、

「おまえ、そんなちいせえことしか考えられんのか。」

小さい声でグサッと言った。一瞬《いっしゅん》、タカユキはひるみ、

「アキラは、ちがうのか？」

救いを求める目をしたが、

「そんなわけねえやろ。おまえ疲《つか》れんか……」

アキラのことばに、タカユキはヘナヘナと床《ゆか》にすわりこんだ。

# 16 悲しみを夢にかえて

クリスマスの音楽が流れる。来週はクリスマス。街《まち》は、冬色。花マル先生たちは、公民館にいた。そう、きょうは木曜日、学習会の日だ。

「ハアーイ、ここに集まってください。」

お母さん方が、五人がかりで何かを運《はこ》んできた。

「いい？　なにが出てくるかな？」

大きな布《ぬの》をとった。

「うわ、ケーキ！　おいしそう！」

子どもたちの声がとびかう。

「そう、きのうは花マル先生の誕生日《たんじょうび》でした。みんなでお祝いしましょうね。」

一人のお母さんが言って、拍手《はくしゅ》をした。花マル先生はびっくりした。

「それじゃ、うたうわよ。」

大きな歌声に包《つつ》まれて、花マル先生は、ろうそくを消した。それからがたいへんだ。三十人にケーキを分けると、一人ぶんは、薄いカステラになった。それでも、そのカステラは、特別な味がした。

花マル先生は、靴《くつ》をはいて外に出た。真《ま》っ赤《か》な夕焼け、沈《しず》もうとする夕日。どんどん紺《こん》色が増していく由布岳《ゆふだけ》。

「夕日って、こんなに美しかったんだなあ。」

花マル先生がつぶやいた。

「どうしたの、先生。」

アキラが声をかけた。ふりむくと、グッチとタカユキもいる。

「なあ、グッチ。おまえは、日本の子か、それとも第三世界の子か。」

グッチは、花マル先生の唐突《とうとつ》なことばに目をぱちぱちさせ、

「ううう―」

とうなったが、

「オレは日本の子に決まってるやねえか。」

大声をあげて、鼻で笑った。そしてくるりと背を向けたが、またすぐに花マル先生の方を向いて言った。

「わかっちょん。オレに第三世界の子どもやって、言わせたいんやろ。そうかもしれんな。オレは自分の力で生きていくしかないからな。」

グッチの顔に、真っ赤な夕日があたっている。

「アキラ、おまえは？」

「ああ、おれ？　おれは、やっぱり日本の子どもやな。ものもいっぱいあるし、恵《めぐ》まれている。けどな、あのユニセフのビデオに出てきた子どもたちは、学校に行きたいって言っていたけど、おれはそうは思わない。たしかに、ものに恵まれているけど、なんか自由がない。ぜんぶ決められているっていうのかな。」

そこまで言うと、フウッと大きく息をはいた。

「塾《じゅく》に行くかどうか、自分で決めていいよって言われても、自分で決められない。親の答えはわかっている。グッチは、子どもらしい時を過ごせないっていうか、苦労しているっていうのかな。それからしたら、おれは恵まれている。でも、なんかうらやましい。グッチには、自由がある。」

アキラはグッチの方を見ながら、かすれた声で言った。

「ぼくだってそうです……」

タカユキが、アキラの肩に手をのせ、しんみりした声で言った。

「ときどき、どうして塾《じゅく》に行っているのか、わからなくなります。自分の意志《いし》なのか、親の意志なのか、わからなくなります。たしかに親は、自分で決めていいと言うけど、はじめから決まっている、レールのような人生です。ときどき、このレールからはみだしたいときもあるけど、すぐに親の顔が浮かんできます。」

いつになくさびしそうなタカユキの表情に、花マル先生は〈あの討論会《とうろんかい》のときと同じ人間だとは思えないな〉と思った。ほんの少しの間、沈黙《ちんもく》が流れた。

「なあ、グッチ。おれは、おまえといっしょの中学校に行きたい。私立中学なんか行かないで、おまえといっしょに公立の中学に行きたい。おれは、おまえがうらやましい。」

アキラがうめくように言った。

夕焼けが空いっぱいに広がって、空全体が燃えているようだ。その赤い色を顔に受けて、グッチが言った。

「おれだって、いいことばかりやねえ。おまえは将来《しょうらい》、弁護士になるんやろ。だけど、どんな弁護士になるんや？　オレたち貧乏人の味方か。それとも金で動く弁護士か。どんな弁護士になるのか、よく考えろ。おまえとオレは、住む世界が違う。おまえは、おまえの道を行け。」

夕日が由布岳《ゆふだけ》に沈み、あたりがしだいに暗くなっていく。

「まだケーキが少し残っているわよォ。」

だれかのお母さんの声がした。

# 17 卒業

卒業式《そつぎょうしき》を迎えた。

その日は朝から激しい雨だった。体育館の屋根に雨があたり、五年生の歌声がところどころ聞き取れないかと思っているうちに、急に小降《こぶ》りになった。いちだんと大きな拍手《はくしゅ》が体育館に響《ひび》く。いよいよ卒業生一人ひとりに卒業証書《しょうしょ》が手渡される。花マル先生は、蝶《ちょう》ネクタイをピッと引っ張り、スーツのボタンを確かめながら、チラッとグッチの方を見た。

グッチが、唇《くちびる》をペロッとなめた。

〈グッチにもキンチョウという言葉があるのかな〉

花マル先生は、二週間ほど前のことを思い出した。

グッチが背を丸めてノートに何かをせっせと書いている。

「何をしてるのかな。」

花マル先生がグッチの背中に手を置いた。

「うん、あっ、これか？　いいやろ、気に入ってるんや。」

グッチが書いていたのは、詩だった。

「どれどれ、ちょっと読ませて……」

花マル先生は、ノートを手に取ると静かに読みはじめた。

「……なかなかいいやんか。みんなにも聞かせてあげていいかなあ。」

花マル先生は、声に出して読みはじめた。

ゆめ 1

人間はみんな
弱いけど
夢は必ずかなうんだ

瞳《ひとみ》の奥に
眠りかけた
くじけない心

今にもこぼれそうな
涙の理由は言えません

あしたも

あさっても
なにかを探すのでしょう

## ゆめ 2

もう、動けない
朝がきても
ぼくはあなたの
そばにいるから

雨がふっても
風が吹いても
ぼくはあなたを守ってあげる

おしえてほしい
おしえてほしい

おしえてほしい
おしえてほしい

二人がゆめに近づくように
おしえてほしい

## 雨上がり

雨上がりの夏の夕暮れ
まるでサイダー
そのままサイダー
日焼けした顔
笑ってごらん
水たまりには
宝物《たから》

それだけじゃないよ
空には
一枚きりの水彩画《すいさいが》が
風の筆《ふで》さばきで
にじんでる

グッチは鼻をさすりながら、椅子《いす》に背をもたれて聞いている。

「すげぇー、グッチ。おまえ、才能があるなあ。」

タカユキがちょっとくやしそうに言った。

「これだけ読んだら、おまえ、きっと優等生だと思われるぞ!」

花マル先生は、おかしなほめ方をした。

「オレのな、好きなグループがあるんや。それをちょっともらったんや。」

グッチは得意《とくい》げに答えた。

「なあグッチ、おまえにもう一冊ノートをあげるから、それに詩を書いてごらんよ。グッチの詩集ができるよ。」

花マル先生は、本当にそうしたいな、と思った。

「ぼくにも詩がかけますか。」

タカユキが遠くを見るような目をした。

「人間ってね、孤独《こどく》なんだよ。そのことが、先生、だんだんわかってきた。いろいろ言っても、悲しいほどひとりぼっちの時がある。その悲しみの言葉がダイヤモンドのようにキラッと集まって詩ができるんだ。詩人って孤独なんだってさ。」

花マル先生は、どこかで聞いたことを言った。


「先生、これはどうかなあ。」

次の日、タカユキがノートを持ってやって来た。

**海**

美川タカユキ

ノートに
かもめが文字を書く

海は白い牧場《ぼくじょう》です
白い波は羊《ひつじ》の群《む》れです

船は進む
タバコを吸いながら

船は進む
口笛を吹きながら

船は進む
夕日にむかって

果てしない海
港を探して

花マル先生は、一度、目でさーっと読んだあと、声に出してゆっくりと読み直した。

「タカユキ、おまえも詩が書けるんだねえ……」

花マル先生は胸が熱くなった。

「先生、卒業式の呼びかけの中で詩を読んだらどうかしら。」

モモコがポツリと言うと、

「それがいいよ、グッチに読んでもらおうよ。」

ガチャコがびっくりするくらい大きな声で言った。グッチが鼻の頭を軽く二回なでた。




「花マル先生、いよいよグッチの番だね。」

大五郎先生が耳元《もと》でささやいた。グッチが階段を上がり、ゆっくりと礼をして校長先生を見た。となりのスクリーンに幼いころのグッチの顔が映し出される。花マル先生は、涙がこぼれそうになるのをこらえた。となりの大五郎先生は肩で泣いている。校長先生が、卒業証書《しょうしょ》を手渡すと、

「よくがんばったね、おめでとう。」

やさしく声をかけたのがわかった。

卒業生の呼びかけが始まる。グッチは、顔をくしゃくしゃにしながら詩を読みはじめた。

少年

耳を澄《す》ませば
かすかだけれど
だれの胸にも聞こえてくる
少年の詩
何か変わりそうで
眠れない夜

人生をあきらめたと言っていたグッチの中で、かすかに何かが生まれそうで眠れない。

彼が変えたいもの、それはいったい何だろう……。

ピアノの音が体育館に響《ひび》き、最後の歌がはじまった。花マル先生は、あふれる涙をぬぐわなかった。

卒業式が終わって、グッチは母さんに連《つ》れられて職員室にやってきた。

「ほんとうにお世話になりました。みなさんのおかげで、なんとかぶじ卒業することができました。」

母さんの声はふるえていた。

「お母さんも、よくがんばりましたね。」

校長先生が、母さんにねぎらいの言葉をかけると、先生たちの間からいっせいに拍手《はくしゅ》が起こった。グッチの目から、大粒《おおつぶ》の涙がこぼれた。

その日の午後、中学校の校庭にもうけられた新入生のための学用品売り場には、グッチと母さんの姿があった。となりには花マル先生と、そしてもう一人、ツル田さんの姿も見えた。

## あとがき

わたしが小学校の教師としてこれまでやってきたことを一冊の本にまとめてみないか、とすすめられ、出版社の高文研を紹介してくださったのは、國學院大學の竹内常一先生です。竹内先生は、わたしの所属している全国生活指導研究協議会が四十年前に結成されて以来、その活動をずっと指導してこられたかたです。

話を聞いたとき、はじめはほんとうかなと耳を疑いましたが、わたしも小学校教師として働きだしてちょうど二十年、日本のどこかにこんな学校があり、こんな教師と子どもがいることを知らせたいな、と思いました。

この物語は、フィクションです。ほんとうの学校や子どもたちは存在しません。しかし、まったくのフィクションでもありません。わたしがこれまで出会い、織りなしてきた数々のドラマを、一つの物語として創《つく》りあげたものだからです。そういう意味では、ドキュメントのような物語と言えるかもしれません。

グッチ、アキラ、タカユキ、モモコ、ガチャコ……。彼らとの出会いが、教師としてのわたしを大きく変えてくれました。かつてわたしは、子どもより大人《おとな》の方が世の中を知っていると思っていましたが、そんなことはありません。子どもによっては、順調にきた大人より、ともすると大きな苦労を背負い、深い現実を見て育っていることに、グッチと出会って気づかされたのです。

子どもを、人として尊敬する。このとても大切なことを、わたしは彼らから教わりました。

グッチは、とても印象的な子どもです。彼の言葉は、花マル先生をぐさぐさと突き刺《さ》したように、私の胸も刺しました。でも、そのとき感じたのです。彼が引き起こす問題、彼の言葉の一つひとつを解《と》いていったら何が見えるんだろうか、と。そう考えると、心が軽くなりました。

彼は、こういう形で「オレを見てくれ」と、叫んでいる。彼の叫び声まで奪《うば》うようなことをするのはよそう、そんなふうにわたしは考えました。

それまでのわたしはグッチの叫びに寄り添うことを忘れていたわけではないのですが、子どもを〝いい子〟にすることを急ぎすぎていたことに気づきました。それを教えてくれたのが、アキラやタカユキだったのです。子どもたちの織りなすハーモニーは、大人の予想をこえていて愉快です。

子どもたちの人生にしばらくの間つき合い、彼らの側から世界を見ようとすると、世界がパッと開けるからまた不思議です。

もう一つ、忘れてはならないことがあります。親です。公民館での学習会をささえてくれた親たちに代表されるように、ここに登場する親は、自分の子どものことだけでなく、他人の子どもも自分の子どもと同じように愛してくれました。

花マル先生は、そんな人たちを見て強く感動し、多くの影響を受けました。また、親だけでなく地域の人たちが、学校をあたたかく包み、教師をささえてくれました。ここにほんとうの「学校と地域」を感じたのは、花マル先生だけではないと思います。

なお、この物語のもとになったのは、雑誌『ひと』に六回にわたり連載した「地球時代の三銃士」です。今回一冊にまとめるにあたり、新たに書き下《お》ろしました。

最後に、竹内常一先生はじめ生活指導サークルのみなさん、そして、わたしと同じ教師のみなさんだけでなくお母さんたち、さらにお忙しいなか原稿を読んですいせん文を寄せてくださった俳優の西田敏行さん、また子どもたちにも読めるようにと、こういう形で本にすることをすすめてくださった高文研の梅田正己さん、金子さとみさんに、心からお礼を申し上げます。

二〇〇二年　七月一五日

溝部清彦

溝部清彦（みぞべ・きよひこ）
1958年、大分県に生まれる。大分大学を卒業後、小学校の教師になり、学級づくりサークルと出会い、子どもたちの友だちさがしの旅を応援する実践を展開する。現在、全国生活指導研究協議会指名全国委員。
著書：『集団づくりをゆるやかにしなやかに』（共著・明治図書）『シリーズ学級崩壊・低学年』（共著・フォーラムA）『学びと自治の最前線』（共著・大月書店）

少年グッチと花マル先生
●二〇〇二年九月一日――第一刷発行
著者／溝部清彦
発行所／株式会社高文研
東京都千代田区猿楽町二－一－八
三恵ビル（〒一〇一＝〇〇六四）
電話　03＝3295＝3415
振替　00160＝6＝18956
http://www.koubunken.co.jp
組版／WEB D
印刷・製本／三省堂印刷株式会社
★万一、乱丁・落丁があったときは、送料当方負担でお取りかえいたします。
ISBN4-87498-290-5　C8093